던전사냥꾼
Dungeon Hunter

던전사냥꾼 8
Dungeon Hunter

온후 현대 판타지 장편소설

초판 1쇄 찍은 날 | 2016년 9월 27일
초판 1쇄 펴낸 날 | 2016년 10월 4일

지은이 | 온후
펴낸이 | 예경원

기획 | 위시북스
편집책임 | 박우진
편집 | 이즈플러스

펴낸곳 | 예원북스
등록번호 | 제396-2012-000132호
등록일자 | 2012. 7. 25
KFN | 제1-030호

주소 | 경기도 고양시 일산동구 호수로 646-24 위너스21 II 빌딩 206A호 (우)10401
전화 | 031-819-9431 팩스 | 031-817-9432
E-mail | yewonbooks@naver.com

ⓒ온후, 2016

ISBN 979-11-5845-439-5 04810
      979-11-5845-629-0 (set)

온후 현대 판타지 장편 소설

WISHBOOKS MODERN FANTASY STORY

던전사냥꾼

Dungeon Hunter 8

Wish Books

던전사냥꾼

Dungeon Hunter

CONTENTS

Chapter 53

정령들

Dungeon Hunter

10만 개!

격이 존재하지 않는 정령의 씨앗이라고는 하지만 그럼에도 무리한 숫자다. 요정과 정령은 아주 오랜 기간 잉태되어 태어나는 존재. 선뜻 10만이란 숫자를 내줄 수 있을 리 만무했다.

그러나 적은 숫자로는 의미가 없었다. 최하급 정령들과 계약을 한들 내게 크게 도움이 되리란 생각은 전혀 들지 않았다. 그네들만이 가능한 일도 거의 없었으니 사실상 있으나 없으나 같다는 소리다.

하지만…….

'내가 배후에서 조종할 수 있는 이들. 던전의 방파제 역할을 할 한국의 인간들…….'

로이와 로제는 이미 한국 인간들의 구심점이 되었다. 거기에 기린이 적극적으로 나서서 지지하는 수준이었고, 실상 내가 뒤에서 한마디만 한다면 그들을 움직이는 일은 간단하기 그지없었다.

한국의 각성자들이 정령을 품고 계약함으로 인해 나의 던전은 더욱 안전해질 것이다. 다시금 자리를 비우는 일이 생기더라도 그들이 톡톡히 방파제 역할을 해주리라 믿어 의심치 않았다.

물론 정령의 계약은 엄격한 기준을 두고 선별해야 한다. 힘을 간절히 갈구하는 자들로 말이다. 그들의 절박함이 하늘에 닿을수록 나를 따르게 되어 있었다.

더불어서 그와 관련된 업적을 노려볼 수도 있겠다.

기타 등등의 이유로 나는 가랏쉬에게 씨앗을 요구했다.

한 말이 있으니 아예 거절하진 못할 것이고 얼마나 많은 수량을 허락할지가 관건이다. 그의 배포를 알아볼 수 있는 기회이기도 하였다.

유심히 그를 지켜보자 가랏쉬는 턱을 쓸며 천천히 입을 열었다.

"비정상적으로 많은 숫자로군. 10만 개의 씨앗을 가져가도 그것이 장성하려면 어마어마한 시간이 걸릴 터인데?"

가랏쉬의 지적도 옳지만 던전 안이라면 정령들도 빠르게 깨어날 것이었다.

나는 무덤덤하게 했다.

"그건 내가 고민할 문제다."

가랏쉬가 작게 미소 지었다.

"좋다. 하나 너도 하나를 내놔야 할 것이다."

의외로 시원스럽게 허락이었다. 그 정도는 별반 걸릴 것도 없다는 듯.

"원하는 게 있나?"

"내가 원하는 건 정보다. 어둠의 정령들, 아니…… 아도니스, 그 검은 개구리가 꾸미는 궁극적인 목표가 무엇이냐?"

검은 개구리라. 가랏쉬가 보는 아도니스의 이미지라는 게 딱 그 수준인 모양이었다. 하기야 같은 정령왕이라 할지라도 격의 차이가 나니 이상한 일도 아니었다.

'진정 몰라서 묻는 건가?'

하나 그와 별개로 나는 미간을 살짝 찌푸릴 수밖에 없었다.

어둠의 정령왕 아도니스가 경매를 열고 불과 물의 정령들을 공격한 저의를 가랏쉬는 정녕 모르고 있어서 내게 묻는 것일까?

"정령계의 지배다."

직구부터 날려보았다. 가랏쉬는 흠! 하고 침음을 내뱉으며 고개를 저었다.

"그것은 일차적인 목표다. 궁극이라 칭할 순 없다. 나는 놈에게 그 '시스템'이란 걸 보여주길 바랐지만 극구 숨기더군. 격을 올리고, 내리고, 균열을 열고……. 시스템이라 불리는 그것은 매우 비현실적이다. 내가 묻고자 하는 건 그 시스템을 이용해 아도니스가 궁극적으로 행할 일이 무엇인가 하는 점이다."

아아. 그러고 보니 비슷한 이야기를 들은 기억이 난다.

내가 잔혹한 사령관 막시움을 소환했을 때 봉인된 지저 세계가 흔들렸고 그곳을 어둠의 정령들이 탐사하던 도중 불과 물의 정령들에게 걸린 일로 시스템에 대한 걸 요구했다고 했던가…….

불의 정령왕 가랏쉬는 시스템에 대해서 많은 관심이 있는 듯싶었다.

'어둠의 정령들, 특히 아도니스가 시스템을 이용해 행하려는 것.'

나도 이건 생각해 본 바가 없었다. 시스템은 이 게임에 참여한 모두에게 적용되고 굳이 누가 소유했다 할 수 없었기 때문이다.

전생에서도 이 시스템을 이용해 아도니스가 무언가를 했다는 소문은 들어본 적이 없었다. 하지만 굳이 따져 보자면 애당초 아도니스가 정령계 전체를 지배하는 건 말이 안 된다.

정령계는 넓다. 정령의 숫자는 헤아릴 수 없으며 그 종류도 천차만별이다. 정령왕이라 칭해지는 존재도 당장 밝혀진 것만 스물이 넘는다.

반면 아도니스는 혼자다. 아무리 시스템을 이용해 한계 돌파를 행했대도 혼자서 정령계 전체를 상대할 수 있을까?

　마계 옥션과 포인트의 도움이 있었다지만 어불성설이다.

　마족과 달리 정령들은 극상성만 아니라면 적아를 크게 따지지 않는다. '계약'이란 이름으로 묶이는 것처럼 이득에 따라 움직이는 정령이 더욱 많다.

　하면 시스템을 이용해 그들이 뭉치지 못하도록 한 걸까?

　아도니스가 다른 정령과 연합했다는 이야기 역시 들어본 적 없으니 실로 이상한 일이긴 하였다.

　'어둠의 정령들은 항상 시스템의 허점을 파고들고자 노력해 왔지.'

　특히 균열과 관련된 것들.

　억지로 열고 내게 연락을 취해온 것만 봐도 허점을 잘 이용했다고 볼 수 있었다.

　만약 균열을 마음대로 열고 닫는 게 가능하다면?

　각 정령들을 따로 떨어뜨려 놓는 것이 가능해진다. 연합이 불가능해지니 각개격파 하는 것이다. 대균열을 연다면 세계의 구멍을 열고 이동하는 것도 불가능하진 않을 것이다.

　전생에서 아도니스가 정령계를 지배한 시기는 아리엘 디아블로가 마왕으로 낙점된 시기와 거의 비슷하다. 나는 그 이후에 무슨 일이 일어났는지 모르지만 어쩌면 정령계를 일통한 아도니스와 마왕 아리엘 간의 전쟁이 시작되었을 수도 있겠다.

억측인가? 아예 똑같진 않더라도 비슷한 방식으로 일이 진행됐을 것 같긴 하였다.

그제야 나는 아도니스가 내게 보인 행동들이 더욱 입체적으로 와 닿았다.

정령계의 지배가 그저 1차 목표일 뿐이라면.

"전지전능한 신이라도 될 셈인가 보군."

신!

바로 그랬다.

신에 대해선 잘 모르지만 전 차원을 일통한다면 최상급 신위를 가져도 이상할 게 없을 업적이다. 사후가 아니라 살아 있는 상태에서 신이 되는 것도 가능하리라.

아도니스. 어지간한 탐욕은 상대도 안 되는 강렬한 욕망을 지닌 놈이었다.

"너도 그리 보느냐?"

가랏쉬가 눈을 번뜩였다. 그러며 말을 이었다.

"나는 시스템에 대해, 너희가 하는 그 게임이라는 것에 무지하다. 그래서 아도니스의 궁극적인 목표가 무엇일까 예상만 했었지."

예상은 확신이 되었다. 도리어 그게 퍽이나 재미있다는 듯 가랏쉬의 미소가 진해졌다.

"말했다시피 나는 가장 아래에서 가장 위를 바라보는 자를 좋아한다. 그런 자가 나와 마주하며 전력을 뽐낸다면 무척이나 짜릿할 테지. 아직은 덜 익었고…… 녀석이 알을 깨길 기다려야겠군."

한마디로 한계 돌파까지 기다려 준다는 뜻이다.

살짝 이해가 안 되는 사고방식이었다.

'이놈도 정상은 아니군.'

자신을 위협할 적이 될 게 확실한데 방치한다?

나로선 이해가 안 되는 사고방식이었다. 적이 될 것 같으면 싹을 쳐 내야 하지 않겠는가. 그것을 일부러 키워서 무성하게 만든다니. 아무리 생각해도 정상적으로 보이진 않았다.

잠시의 침묵. 그 끝에 가랏쉬가 말했다.

"랜달프 브뤼시엘, 지브스를 통해 씨앗을 보내겠다. 제법 유익한 시간이었다. 그리고…… 이프리트에겐 안타까운 소식이지만, 아홉 번째 불은 현재 불길을 더욱 강하게 일으키고자 '의식'에 들어갔다. 앞으로 3년간은 잠들어 있을 터."

"지고한 불의 정수는 그 자체로 완전한 게 아니었던가?"

"아홉 번째 불은 가장 나중에 발현되었다. 하여간…… 나머지는 이프리트에게 물으면 답해줄 것이다."

이프리트는 나락군주의 심장으로 인해 갇혀 있는 상태다. 억지로 꺼내면 무슨 일이 벌어질지 몰라서 나도 꺼내는 게 주저되었다.

그러나 그렇게 중요한 일도 아니고 굳이 위험을 감수할 필요는 없었다.

"10만 개의 씨앗, 기대하고 있지."

말을 끝냄과 동시에 등을 돌렸다. 그러자 가랏쉬가 등 뒤를 향해 입을 열었다.

"흥미로운 마족이여, 너의 행보를 지켜보겠다."

던전으로 돌아온 직후 나는 잠시 사색에 빠졌다.

'느낌이 좋지 않군.'

가랏쉬. 그는 강하다. 현재의 나보다도, 전생에서 전성기를 자랑하던 대공들만큼이나. 그러나 아도니스와 같은 치열함은 없었다.

결국 저런 여유가 그를 좀먹을 가능성이 다분하였다.

'아도니스. 근원의 정수로 말미암아 지금쯤이면 한계 돌파를 행했을 것이다.'

한계 돌파를 행하고 잠재력을 채우는 건 시간이 필요하다. 한데 가랏쉬의 태도로 보아하니 그 시간은 충분히 주어질 것 같았다. 아도니스가 본격적인 행보를 시작하면 과연 그가 막아낼 수 있을 것인가.

'그저 마왕이 되는 게 전부라고 여겼건만.'

확실히 안이한 감은 있었다. 마왕이 되고 그 좌에서 크게 웃어보는 것. 그게 내 꿈이었고 지금도 다르지 않았다.

하지만 마왕이 된 이후의 일은 생각해 본 적이 없었다. 당장을 살아가는 것조차 벅찰진대 아주 먼 미래의 일까지 대비할 여력은 없던 것이다.

그러나 이제는 다르다. 여유가 생겼고 확신이 있는 만큼 대비를 해야 했다.

아도니스는 잠재적 적이 될 가능성이 무척이나 높았다. 이미 불과 물의 정령과 접촉함으로써 어느 정도 등을 돌린 상태이긴 하지만…….

'결론은 하나다.'

눈을 빛냈다.

분노와 황제의 검을 꺼내 들었다.

'내 자신이 지금과 비교할 수 없을 만큼 더욱 강해지는 것.'

가랏쉬의 만남은 신선한 충격으로 다가왔다. 현재 마족 중에선 내가 제일 강할지 모르나 적은 온전히 마족만 있는 것도 아니었다. 오쿨루스의 때처럼 무언가가 추가되어도 이상할 게 없었다. 그러니 더 이상 적수가 없을 때까지 강해질 수밖에. 그렇게만 된다면 아도니스가 정령계를 집어삼키고 나를 노려도 두려울 게 없었다.

가랏쉬의 행동력은 인정을 해줘야 할 것 같았다. 고작 3일 만에 10만 개에 달하는 씨앗을 지브스를 통해 보내온 것이다. 주로 그을린 나뭇가지나 반쯤 탄 나뭇잎 등이었지만 그 속에서 아주 미약한 생명력 같은 게 느껴졌다.

"계약자여, 이 아이들을 함부로 대하지 말라. 제대로 성장시켜 우리에게 돌려보낸다면 정령왕께선 계약자에게 막대한 보상을 지불할 것이다."

지브스의 말에 가시가 박혀 있었다. 그만큼 이 씨앗에 대한 애정이 있다는 방증이었다.

"꼭 돌려보내야 하는 건가?"

"기본은 계약자의 의사에 따른다. 그러나…… 잘 생각하고 결정하라. 우리에겐 보물이 많다. 정령왕께서도 건드리지 못하는 전설적인 물건도 있지."

가랏쉬가 착용한 아이템은 모두 범상치 않았다.

그런데 전설급의 무언가가 있다니 이건 좀 의외였다.

'구미가 당기는군.'

전설 등급의 아이템이 얼마나 대단한 효력을 발휘하는지 아는 나로선 끌릴 수밖에 없는 조건이다.

"알겠다."

"그럼, 씨앗을 전했으니 나는 돌아가 보겠다. 조금 쉬고 싶군."

3일 만에 모든 일을 처리하느라 지쳤을 것이었다. 내가 고개를 끄덕이자 지브스가 정령계로 돌아갔다.

"마스터, 이게 다 뭐예요?"

그를 기다렸다는 듯 이히가 등장했다.

나는 무덤덤하기 짝이 없는 목소리로 말했다.

"정령의 씨앗이다."

"앗! 그리고 보니 불의 마력이 느껴져요. 우와! 이렇게 많은 정령의 씨앗은 이히도 처음 봐요."

이히가 빙글빙글 돌며 씨앗들 사이를 오갔다.

잠시 후 돌아온 이히는 알 수 없는 미소를 지으며 사뿐히 내 어깨 위에 앉았다.

"이히히. 마스터, 이거 전부 던전에 둘 건가요?"

"일단 발현을 하도록 만들 셈이다."

"그럼요~ 이히가 몇 개 가져가도 될까요?"

이히가 자처하여 나서는 게 불안하긴 했으나 몇 개라면 그다지 티도 나지 않는 숫자다.

"3개만 가져가도록."

그래도 혹시 몰라 숫자를 제한했다.

"이히히히! 그럼요~ 씨앗은 이히가 골라도 되나요?"

어깨를 으쓱하며 말했다.

"마음대로 해라."

"이히히히히!"

이히의 음흉한 웃음소리가 던전을 가득 채웠다.

정령의 씨앗은 받았지만 탄생에 관해서 나는 문외한이었다. 가만히 두어도 깨어나긴 하겠으나 환경의 조성과 같은 부분에 약했다.

즉시 크리슬리를 불렀다. 그나마 정령에 대해 알고 있는 이가 그녀밖에 없기 때문이다. 이히도 대충 알고 있는 분위기이긴 했지만 차마 묻지는 못했다. 차라리 크리슬리에게 정성스러운 답변을 듣는 것이 낫다고 판단했다.

"……불의 정령이군요. 이만한 숫자의 씨앗은 처음 봅니다."

크리슬리의 눈이 휘둥그레졌다.

이히와 비슷한 반응. 하나 금세 진정한 크리슬리가 내 눈을 똑바로 쳐다봤다.

"나의 던전 마스터시여, 이것을 전부 탄생시킬 셈이십니까?"

"그렇다. 문제라도 있나?"

"이만한 숫자의 정령이 동시다발적으로 한 장소에서 발현되면 주변의 마력이 남아나지 않을 수도 있습니다."

"던전의 마력은 충분하다."

던전의 등급이 오르고 근원의 나무가 존재한다. 어지간한 마력의 소비는 티도 안 날 수준이었다.

하지만 크리슬리는 고개를 저었다.

"전체적인 마력의 양은 그럴지 모르나 불의 마력이 크게 증발할 테지요. 균형이 어그러지면 던전의 유지에도 많은 문제가 생길 것입니다."

과연…… 그런 관점이라면 납득이 되었다.

던전을 이루는 마력은 수많은 종류로 구성이 되어 있다.

거의 모든 속성의 마력을 품고 있다고 보면 된다. 그중 하나만 매우 부족해진다면 단번에 균형이 어그러지며 마수들에게도 영향을 끼칠 것이다.

"어찌하면 좋겠는가?"

하여 직설적으로 물었다.

다른 이도 아니고 크리슬리다. 그녀의 머리나 임기응변의 능력은 제법 믿을 만했고 도움을 받은 적도 많았다. 이제 와서 거리낄 건 하나도 없었다. 이미 답변도 정해놨다는 듯 크리슬리가 거침없이 답했다.

"불의 정령이니 마스터께서 옆에 계십시오. 본래 마스터께서 가지고 계신 오만의 불과 지고한 불, 둘 다 상당히 순수한 불의 마력을 지녔습니다. 정령들이 탄생할 때마다 약간의 탈수증과 같은 증세가 오겠으나 충분히 가능할 것으로 사료됩니다."

결국 내가 답이란 소리였다.

하기야 지고한 불의 정수를 흡수 비슷하게 한 나다. 정령계에서조차 아홉 개밖에 없는 불 중의 하나를 말이다. 거기다가 오만의 불도 있었으니 사실상 불의 마력을 대체하기엔 더없이 적절한 대상이었다.

"옆에 있으라니. 하루 종일 말인가?"

"예, 씨앗들이 익숙해지며 반응하기까지 시간이 상당히 걸립니다. 마스터께서 곁에 계신다면 정령에게도 좋은 영향을 끼칠 테고요."

크리슬리는 단호했다. 적당히 쉬어도 된다고 말해봤자 내가 그러지 않을 것임을 알고 있는 것이다. 아예 처음부터 못을 박아버리는 쪽이 더 낫다는 것도.

적어도 전생에선 없었던 일.

나를 잘 아는 이도 없었고 당연히 내가 무엇을 바라고 무엇을 보는지 아는 이도 없었다. 굳이 따지자면 이히가 있기는 하였으나…… 지금의 성격과 전생의 성격이 크게 다르진 않았다. 무슨 말이 더 필요하겠는가.

한데 크리슬리라는 걸출한 다크 엘프가 생기며 일을 처리하는 게 간편해졌다.

"언제 탄생할지는 알 수 있나?"

그러나 나도 바쁘다. 마냥 정령의 씨앗을 돌보고 있을 수만은 없었다. 그런 걸 잘할 자신도 없었고. 나는 내가 잘하는 것과 못하는 것을 명확하게 구분하고 있다. 지금 이 일은 내가 '못'하는 부류에 속해 있었다.

"던전임을 감안하고 씨앗의 성숙도를 봤을 때…… 늦어도 한 달 안팎이 아닐는지요."

"한 달간은 꿈쩍 못 한다는 말이로군."

"나의 던전 마스터시여, 나머지 일처리는 모두 저에게 맡기십시오. 로이와 로제, 막시움에 관한 일이라면 제가 어느 정도 제어할 수 있습니다."

크리슬리가 푸근하게 웃었다.

나는 잠시 고민할 수밖에 없었다.

한 달. 지금 지구의 상황은 하루가 다르게 판도가 바뀌고 있다. 던전 안에서 한 달간 머무르는 게 현명한 판단일지는 두고 볼 일이었다.

'나를 드러내지 않고 지친 적을 잡아먹는다는 발상도 가능은 하겠지.'

그것도 전략 중 하나가 되긴 할 것이다. 게다가 크리슬리의 일처리라면 믿을 수 있었다.

'정령의 가치도 그에 못지않다.'

무려 10만의 정령.

이것들을 탄생시키고 육성하며 얻어낼 이득을 생각하면 한 달쯤은 가만히 있어도 된다. 그사이 나 스스로의 발전을 꾀하면 하지 못할 건 없었다.

"크리슬리, 너에게 맡기겠다. 한 치의 빈틈없이 관리하도록. 막시움은 내가 귀띔한 게 있으니 알아서 잘하겠으나, 로이와 로제 쪽은 변수가 많다."

특히 유심히 지켜봐야 할 게 로이와 로제였다. 로제가 똑 부러진다 할지라도 둘 다 지극히 어린 다크 엘프. 임기응변으로 변수를 헤쳐 나갈 지식은 없었다.

지금 한국은 급격하게 변화를 맞이하고 있었다. 서울을 회복하며 수많은 인간이 다시금 모이는 중이었다. 코어를 이용한 기술로 대개의 것들을 대체하며 정부가 유명무실해지고 새로운 왕국이 세워지고 있었다.

그 중심에 로이와 로제가 있어야 내가 원하는 방향으로 인간들을 끌고 가는 게 가능하다. 로이에게 마검을 준 것도 그와 같은 이유다.

간간이 일이 생길 때마다 수정구를 통해 내가 지시했으나 정령들의 씨앗이 어찌 변형될지 모르는 이상 그런 시간조차 생기지 않을 가능성이 높았다.

"나의 던전 마스터시여, 걱정하지 마십시오. 모든 것은 마스터께서 원하시는 방향으로 흐르게 될 겁니다."

"믿는다."

이 한마디면 족했다.

이후 크리슬리가 짧게 읍을 하곤 물러났다.

나는 가만히 고개를 돌려 씨앗들에 시선을 줬다.

'그럼……'

정령의 탄생은 빠를수록 좋다. 그러기 위해선 나의 노력이 필요하다.

불의 마력을 발산하며 씨앗들을 감싸는 일.

이런 일은 처음이라 반신반의였지만 본래 모든 일의 처음은 다 그런 법이었다.

나는 씨앗이 널려 있는 중심지에 다리를 접고 앉았다. 지고한 불의 정수가 가진 마력과 오만의 불을 발산시키며 씨앗들을 천천히 덮어갔다.

[사용자 '랜달프 브뤼시엘'이 가진 불의 마력이 층 전체에 도포됩니다.]

[정령의 씨앗이 반응합니다. 천천히 자아가 각성 중입니다. 각성률 18.5%]

[불의 마력이 너무 강합니다! 358개의 정령이 탄생하지 못한 채 소멸되었습니다.]

[불의 마력이 너무 약합니다! 각성률이 떨어집니다.]

[불의 마력이 적당합니다. 각성률이 크게 오릅니다. 각성률 19.9⋯⋯.]

마력을 발산하며 유지시키는 건 생각보다 어려웠다. 덜하지도 않고 모나지도 않게 유지하는 게 관건이었는데 중간을 벗어나는 순간 어김없이 문제가 생겼다. 특히 정령들이 소멸했다는 메시지를 읽었을 땐 저도 모르게 눈살을 찌푸렸을 정도다.

'힘들군.'

차라리 검을 들고 미친 듯이 휘두르는 편이 내 적성에 맞았다. 가만히 앉아서 마력의 조종만 하고 있는 건 여간 곤혹

스러운 일이었다. 고문이 따로 없었다.

'각성이 느려.'

게다가 걸리는 점은 또 있었다. 크리슬리는 한 달을 보았지만 이 주일이 지난 현시점에서 각성률은 고작 20% 안팎이었다.

이 속도로는 한 달이 아니라 두 달이 걸려도 힘들다. %가 올라가면 올라갈수록 각성률이 느는 폭도 줄고 있었다.

14일이 지나자 집중력도 살짝 흐트러졌다. 마력의 조종이라는 게 새삼 힘들게 느껴졌다.

'초월자의 영역에 들어섰으나 반쪽짜리다. 지금 나는 힘만 센 아이와 다를 바 없다. 효율적으로 마력을 움직이는 방법에 약해.'

인정할 수밖에 없었다. 천천히 단계를 밟아서 강해졌다고 생각했지만 아직 그 수준에는 미치지 못한 것이다.

능력치 하나를 100까지 끌어올린 적도 없는데 모든 능력치가 그와 같다. 전생과 전혀 다른 이 느낌을 제어할 방법에 대하여 나는 무지했다.

'본래 마력의 조종이라는 건 싸우다 보면 자연스러워지는 것이었다. 하지만 더 이상 싸움만이 나를 강하게 만들어줄 수는 없다. 내게 부족한 것을 인지하고 깨닫는 과정이 필요하다.'

한계 돌파를 행했을 때도 '깨달음'이 있었기에 가능했다.

만약 싸움만 했다면 불가능했을 것이다.

그만큼 깨달음이란 중요한 비중을 차지하고 있었다. 그것을 최근에야 알았다,

'내 마력은 너무 거칠다. 야생마와 같다. 달리는 것밖에 모르지.'

부족한 점이 무엇인가 고민하다 보니 이 결론에 봉착했다.

정령의 씨앗을 보듬는 데에 내가 가진 마력의 성질은 적합하지 않다는 것.

거칠기 그지없으니 각성률도 낮게 올라갈 수밖에 없었다.

씨앗은 알과 같다. 따뜻하게 보듬어주고 감싸줘야 부화를 한다.

'따뜻한 마력이라……'

단순히 양의 성질을 띠는 그런 마력을 말하는 게 아니다. 품고자 하는 성질. 하지만 역시 나와는 맞지 않는다.

'맞지 않다고 시작부터 포기할 순 없다.'

맞지 않다면 억지로라도 맞추는 게 필요하다. 포기하면 발전은 없다. 부딪히고 깨져도 도전하는 게 나를 앞으로 나아가게 만든다. 물론 힘들고 어색한 점은 분명히 있지만 하다 보면 요령이 늘 것이다.

여태껏 내가 보고 느낀 이들 중 가장 따뜻한 마력을 지녔다고 생각한 이를 떠올렸다.

'대지의 수호자 아시스.'

인간이다. 미국에서 불현듯 나타난 각성자. 그녀는 대지를 움직일 줄 알았다. 언뜻 보면 오쿨루스와 비슷했으나 근본적인 성질 자체가 달랐다.

그녀는 싸움을 극도로 싫어했다. 식물이든 인간이든…… 심지어 마족이든 누군가가 다치는 걸 볼 때마다 몸을 떨어댔다. 억지로 감투를 쓰고 싸우는 느낌을 지울 수 없었다.

적어도 내가 느낀 마력 중에선 그녀가 가장 따뜻했다. 그녀는 아낄 줄 알았고 사랑할 줄 알았으며 보듬어줄 줄 알았다. 그 성향이 워낙 극심해서 결국 마족도 아닌 일개 뱀파이어에게 농락당한 채 죽고 말지만 살아생전 세운 업적도 나름 대단했다.

아시스에겐 있고 내겐 없는 것.

그게 무엇일까.

'마음의 유무인가.'

내가 누군가를 보듬고 다듬으며 사랑한다?

발상부터 웃음이 나왔다.

그런 내 모습을 떠올리자 닭살이 돋았다. 솔직히 상상도 제대로 되지 않았다.

나는 고개를 저었다.

아시스와 같은 포근함을 나는 정령들에게 베풀 수 없다. 그건 도전 이전에 불가능한 일이다. 지난 일생을 이렇게 살아왔는데 갑자기 바꿀 수도 없는 노릇이었다.

그래서 나는 내 식대로 변형을 가하고자 하였다.

'일어나라. 내가 너희를 이끌어주마.'

냉소를 짓고 씨앗들을 바라본다. 다른 건 몰라도 길을 잃지 않게는 만들어줄 수 있었다. 저들이 방황할 때 하나의 지표가 되어주며 나를 따를 수 있도록. 그게 내가 할 수 있는 최선이다.

뾰롱.

뾰로롱.

마치 바람이라도 부는 양, 씨앗들이 작게 흔들거렸다.

[불의 마력이 따듯해졌습니다. 각성률이 크게 오릅니다. 각성률 32.7%]

[사용자 '랜달프 브뤼시엘'이 가진 마력의 효율이 상승했습니다. 마력이 1 오릅니다.]

단순한 발상의 전환.

그런데 10%가량이 상승했다.

'이 방향이 맞나 보군.'

더불어서 내 마력도 1이 상승했다.

놀라운 일이다. 90을 넘긴 마력은 어지간해선 상승하지 않을진대. 이로써 내 순수 마력은 95에 도달했다. 나는 조금 더 마음을 편하게 가졌다. 방향이 맞는다면 따로 조급해할 필요가 없었다.

　그로부터 1주일.
　정확히 3주가 지난 시점에서 정령들이 깨어나기 시작했다.
　뽀롱. 뽀로롱.
　이제 막 깨어난 불의 정령은 구체적인 형태를 갖추지 못했다. 작은 불덩이와 같은 형태로 씨앗에서 솟아나와 내 주변을 맴돌았다.

　[대단한 업적! 마족 중 최초로 정령을 탄생시키는 데 성공했습니다.]
　[300,000pt를 얻었습니다.]
　[업적 점수 900점이 추가됩니다.]

　메시지는 눈에 잘 들어오지 않았다. 나는 하나둘 깨어나는 정령들을 주시하고 있었다.
　태어난 정령들은 마치 처음부터 나를 알고 있었다는 듯 내게로 몰려들었다. 내 주변을 맴돌며 어디로 가야 하냐고 묻는 것만 같았다.
　열 번째, 백 번째, 천 번째……
　모든 정령이 한결같았다.
　마지막 씨앗이 깨어나는 데까지 3일이 더 걸렸고 나는 그 자리에서 꿈쩍도 하지 않으며 기다리고 있었다. 마침내 마지막 정령이 깨어나며 내 주변으로 날아들자 또 다른 업적이 나타났다.

[축하합니다. 100,000개의 씨앗 중 99,318개의 정령을 탄생시키는 데 성공했습니다.]

[믿기지 않는 업적! 1,986,360pt를 얻었습니다.]

[업적 점수 1,800점이 추가됩니다.]

['정령과의 교감' 스킬이 추가되었습니다. 자세한 설명은 상태창에서 확인해 주십시오.]

정령과의 교감이란 이름의 새로운 스킬이 생겼다. 나는 즉시 상태창을 열어 스킬란을 확인하곤 고개를 주억였다.

이름 - 정령과의 교감(Epic, Passive)

설명 : 교감이란 서로가 반응하는 것이다. 수많은 정령을 탄생시킨 자에게만 주어지는 특전.

　*정령이 진화 시 '격'에 따라 보상 지급.

　최하급 → 하급 : 500pt

　하급 → 중급 : 5,000pt

　중급 → 상급 : 500,000pt, 업적 점수 500점

　상급 → 최상급 : 잔여 능력치+1

**최상급 → 정령왕 : 스킬이 '정령왕과의 교감(Legend)'으로 변화.

당장 내게 이로운 스킬은 아니나, 기대치가 매우 높았다. 굳이 내게 한정되지 않는다는 점. 일단 격만 올리면 내게로 혜택이 돌아온다는 점을 따져 봤을 때 이 스킬은 에픽 등급 이상의 가치가 있었다.

물론 격의 변화, 진화를 하는 게 쉬운 일은 아니다. 하지만 빠르게 그것을 가능토록 만든다면 대략 십만에 달하는 이 정령들은 나의 든든한 힘이 되어줄 것이다.

'나 혼자서는 확실히 한계가 있겠군.'

이제 막 태어난 정령 10만. 계약하는 것 자체는 내게 아주 크게 부담이 되지는 않는다. 계약하게 되는 순간부터 정령들은 내 마력을 좀먹게 되지만 초월자의 영역에 들어서고 나서는 충분히 가능한 일이었다.

문제는…….

'정령은 수많은 계약자를 거쳐야 더욱 빠른 성장이 가능하지.'

바로 그것이다. 수많은 종류의 마력과 경험을 말미암아 진화하는 게 정령이다. 나 혼자서는 한계가 있을 수밖에 없었다. 이들을 보다 높은 격에 이르게 하려거든 특단의 조치가 필요하다는 말이었다.

나는 턱을 쓸었다.

'정령의 계약. 그와 관련된 정보는 모든 종족에 할 것 없이 널리 퍼져 있다. 하나…… 지구의 인간들은 이 점에 대해서 무지하다.'

어느 누가 계약은 평등하다고 하였는가? 아는 자와 모르는 자의 차이가 있을 수밖에 없는 게 계약이라는 것이었다.

어차피 누군가와 계약을 시켜야 한다면 그 내용은 내가 따로 정할 수 있었다. 아는 이라면 말도 안 된다며 거부할 조항을 무지하고 절박한 이들은 받아들일 수밖에 없을 터였다.

'요컨대…… 이중 계약을 하면 되겠군.'

팔짱을 끼곤 차갑게 미소 지었다. 내용이야 내가 '주'가 되고 다음 계약자가 '부'가 되는 그런 계약을 하면 되는 것이다. 그럼 정령들이 성장했을 때 온전히 내가 써먹는 게 가능해진다. 내가 사용할 카드가 몇 개 더 생겨나는 셈이다.

정령의 계약을 건드는 건 정령계에선 금기에 해당하지만 가랏쉬는 씨앗을 맡겼고 생사여탈을 쥐게 했다. 뿐만 아니라 이곳은 정령계가 아닌 나의 던전이다. 내가 주인인 이곳에서 정령들이 태어났으니 나의 마수로서 분류해야 옳았다.

정령들을 정령왕 가랏쉬에게 돌려주는 건 순전히 나의 호의일 따름이다. 그에겐 강제로 회수할 권리가 없다.

거기까지 생각이 미치자 걱정이 사라졌다.

뾰롱. 뾰로롱.

누그러진 분위기에 따라서 정령들도 둥실둥실 주변을 맴돌기 시작했다. 어쩌면 육아와 비슷한 일인지라 그 부분에선 약간의 우려가 생겼으나…….

'어느 정령이 먼저 격의 변화를 겪을지 맞혀보는 것도 재밌겠어.'

한쪽 구석으로 밀어버렸다.

내가 움직일 때마다 10만에 이르는 정령이 함께 이동했다. 그 광경은 마치 거대한 불의 해일이 밀려드는 것과 같았다. 나를 본 마수들은 너 나 할 것 없이 눈이 휘둥그레져선 자지러지기 일쑤였다.

"이건 조금 골치가 아프군."

3일 차. 저도 모르게 쓴소리가 나왔다.

설마 이 정도로 밀착하여 나란히 이동하게 될 줄은 예상하지 못했다.

수 초 떨어져 있는 걸 견디지 못했다. 억지로 떨어지면 불안함에 소멸해 버렸다. 아직은 정신적으로도 연약하기 그지없는지라 조금이라도 내가 보이지 않으면 그대로 존재 의의를 상실해 버리는 것이다.

'이대로 던전 바깥을 나갈 수도 없고…….'

슬쩍 눈길을 돌려 정령들을 바라봤다.

그러자 무엇이 그리도 기쁜지 더욱 활발하게 움직이며 가장 먼저 내 시야에 닿으려고 안간 애를 써댔다.

주인 된 자로선 기뻐 마땅한 일이지만 이게 하루 종일 반복되면 과연 고민할 수밖에 없었다.

"이히히. 불일, 불이, 불삼! 좌로 정렬. 우로 정렬. 어허, 반응이 느리다. 다시 한 번 좌로 정렬, 우로 정렬!"

작게 한숨을 내쉬며 최상층에 오르자 던전 코어 주변에 위치한 이히를 발견했다.

이히는 한참 자신에게 배정된 세 정령을 대상으로 훈련을 시키는 중이었다.

"일이하고 삼이! 이히가 보니까 너희들 농땡이 부리려고 일부러 그러는 거지? 우리 불이가 얼마나 빠릿빠릿하게 움직이는지 정말 안 보여? 다시 한 번 좌…… 아니, 우로, 아니, 좌, 아니, 우로 정렬! 이히히히히!"

작은 불덩이 세 개가 이히의 구호에 맞춰서 바쁘게 움직였다.

거의 혹사 수준에 해당하는 노역이었지만 이히는 그저 기뻐 죽겠다는 듯이 웃을 따름이다.

'용케 탄생을 시켰군.'

반쯤은 이해가 안 됐지만 이히는 악하기보단 천진난만한 것이다. 악에 대한 정의가 얇고 그냥 놀고 싶다는 생각이 가득하다. 그것도 일종의 따듯함이라면 따듯함일 것이었다.

"아이구, 재밌다. 이히히. 삼형제는 그대로 이히를 따라와. 자, 엄청 빠르게 날아간다. 시작!"

슈우우웅―

나는 안중에도 없다는 양 이히가 빠르게 허공을 날았다.
그 뒤를 작은 불덩이 세 개가 나란히 따랐다. 아직 허공을 나
는 것조차 익숙하지 않은 불의 정령들이 이히의 무자비한 비
행에 제대로 따라붙지 못하고 있었다.

툭!

뒤따라오는 정령들을 바라보며 비행하던 이히가 내 가슴
팍에 부딪혔다.

"아야!"

이히가 이마를 문지르며 입술을 쭉 내밀었다.

"우씨, 뭐야?"

"너야말로 뭘 하고 있는 거냐."

"어…… 마스터!"

이히는 한참이나 눈을 깜빡였다. 이윽고 상황이 정리된 이
히가 재빨리 이제 막 따라붙은 불덩이들을 가리켰다.

"훈련 중이었사와요!"

"훈련?"

"어렸을 때 확실하게 기선을 잡아놔야 이히한테 안 대들
죠~"

훈련을 시키는 게 그런 의미였나.

애당초 이히에게 깊은 무언가를 바란다는 게 무리이긴 하

지만……. 고개를 돌려 이히의 정령들을 바라봤다.

'성장이 굉장히 빠르군.'

벌써부터 빠르게 비행을 할 수 있다니. 저 셋과 비교하면 내 정령들은 완전 기어 다니는 수준이다. 이히도 나와 비슷한 시기에 탄생을 시켰는데 예상외였다.

"이히, 정령들의 성장에 관해 아는 게 있나?"

"이히도 잘 몰라요. 음…… 아! 근원의 나무가 정령들을 되게 좋아해요. 막 이히한테 자기가 있는 쪽으로 놀러오라고 가지를 마구 움직여 대요."

"근원의 나무라."

나는 근원의 나무와 소통할 수 없다. 하지만 근원의 요정으로 승격한 이히는 어느 정도 그게 가능하다. 근원의 나무가 정령의 성장에 영향을 끼친다면 한번 고려해 볼 법한 사항이었다.

"마스터, 혹시 이히에게 훈련을 맡겨볼 생각은 없으신가요? 이히가 아주 자알~ 훈련시킬 수 있사와요."

"필요 없다."

즉답이었다. 이히에게 맡겨도 그다지 도움이 될 것 같지는 않았다.

"히잉……."

"크리슬리에게 안부를 전하도록. 사건의 진척이 있다면 바로 내게 보고하라."

한국의 서울에서 대립각이 세워졌다. 수많은 인간이 서울로 유입되다 보니 로이와 로제를 따르는 무리와 그렇지 않은 무리로 나뉜 것이다. 그 해결을 온전히 둘에게 맡길 수가 없어서 크리슬리가 출동한 상황이었다.

"넵, 마스터."

이히의 대답을 듣곤 발을 옮겼다.

근원의 나무를 보기 위함이다.

"다시 한 번! 좌로 정렬, 우로 정렬! 한 바퀴 굴러! 아이구 잘한다. 이히히히히히히!"

이히의 사악한 웃음소리가 재차 던전 안을 울렸다.

물론 악의는 없지만 세 정령에겐 재난과 같았다.

근원의 나무 근처에 자리를 잡자 정령들이 조금 더 활발히 움직였다. 근원의 나무도 가지와 뿌리를 들썩이며 정령들을 받아들였다.

'상성이 좋나 보군.'

알아서 잘 놀았다.

내 근처에서만 서식하려던 녀석들이 지금은 근원의 나무 꼭대기까지 올라가선 재롱을 피우는 중이었다.

'잘하면 더 떨어져도 되겠어.'

정령들이 눈치채지 못하도록 슬그머니 자리에서 벗어나 봤다. 혹시 몰라 멀리는 못 갔지만 평소보다 열 발자국 정도는 더 나아간 것이다.

그리고 그 순간 정령들이 일제히 움직이며 나를 찾기 시작
했다.

[열일곱 정령이 불안함에 몸을 떠나다. 주의하십시오. 아직 자아
를 제대로 갖추지 못한 정령의 경우 불안함에 소멸할 가능성이 높습
니다.]

'안 되는군.'

혀를 차며 근원의 나무 근처로 돌아오자 난리가 났다.

우르르르!

십만 대군이 단번에 몰려들었다.

아기 주먹만 한 작은 불덩이도 십만 개가 일제히 움직이면
장관을 연출한다.

그러나 내게는 씁쓸한 광경일 뿐이었다.

'아직 계약도 안 했건만……'

탄생한 직후 본 게 나라서 그런 걸까? 아니면 내 영향으로
태어나서 그리 된 걸까.

둘 다일 수도 있겠다.

'어쩔 수 없지.'

이것도 미래를 위한 투자다. 일단 어느 정도 자아를 갖추
고 계약을 하면 조금은 편해질 것이다. 지금은 계약을 하기

엔 정령들의 상태가 너무 불안정했다.

멀뚱히 서서 근원의 나무를 바라보았다. 그러자 언제 그랬 냐는 듯 정령들과 근원의 나무가 어울려 놀기 시작했다.

─이름을.

─이름을 지어주세요.

4일이 더 지난 시점. 정령들이 탄생하고 정확히 일주일이 된 그때 머릿속을 관통하는 두 개의 가느다란 목소리가 있 었다.

'앞으로 나타나라.'

회답을 주자 아이 얼굴만큼 자란 불덩이 두 개가 모습을 드러냈다. 다른 정령들보다 두 배는 커다란 크기. 확실히 비 교가 되었다.

─이름을 지어주세요.

─이름이 가지고 싶어요.

두 불덩이는 허공을 빙글빙글 날았다. 재촉하는 듯한 태도 지만 절실한 감정도 함께 느껴졌다.

'이름은 본래 윗대의 정령이 지어주는 게 아니었던가?'

고개를 갸웃했다.

정령이 씨앗이 되는 과정 중 이름을 지어주는 것이 있었 다. 상위의 정령이 이름을 지어주면 아주 오랜 시간이 지나 서 탄생하게 되는 것이었다.

'희한하군.'

하여간 지어 달라니 지어주긴 해야 했다.

"레이, 세라로 하지."

무난하기 짝이 없는 이름을 입에 담자 두 정령이 방방 뛰기 시작했다.

―마음에 들어요. 레이!

―내 이름은 앞으로 세라예요.

화아악!

잠시 후 두 불덩이가 강렬한 빛을 뿜었다.

[정령의 이름을 지어주었습니다.]

[최하급 정령 '레이', '세라'의 격이 한 단계 상승했습니다.]

[최초로 사용자에게 이름을 허락받은 정령들입니다. 다른 정령보다 성장의 폭이 넓어집니다.]

[계약을 하게 된다면 앞으로 '레이', '세라'는 사용자를 보다 진심으로 따르게 될 것입니다.]

[1,000pt가 주어졌습니다.]

짧은 메시지를 뒤로하고 나는 두 정령의 변화를 주목했다.

잠시 후, 두 정령은 모습이 바뀐 채로 나를 맞이했다.

어린아이와 같은 모습. 크기는 이히와 비슷할 정도로 훨씬 작지만 '자아'를 확실하게 갖추었다.

"레이, 세라. 계약을 하자."

뜸이 들었으니 남은 것은 계약밖에 없었다. 스스럼없이 이야기를 건네자 둘은 즉각적으로 반응하였다.

—좋아요.

—세라도 할래요.

"계약의 조건은 내가 정하겠다."

정령이라면 계약에 대해 본능적으로 알게 된다. 걷고 뛰는 것과 마찬가지의 일. 누군가가 계약을 건드는 걸 못마땅해야 정상이다. 여기선 나도 살짝 긴장할 수밖에 없었다.

그러나 두 정령은 전혀 예상 밖의 반응을 보여주었다.

—그것이 아버지의 뜻이라면.

—마음대로 하세요.

나는 살짝 미간을 찌푸렸다.

상상조차 하지 못한 단어를 들어서다.

아버지라니…….

정령은 딱히 부모라 할 수 있는 존재가 없다. 그나마 있다면 윗대의 정령이지만 그들도 그저 이름을 지어주는 것에 불과하다. '아버지'라는 단어는 정령과 사실 들어맞지 않는다.

짚이는 이유가 하나 있다면 그것은 바로 이프리트다. '지배'를 담당하는 지고의 불. 그 마력을 집어삼키고 스킬을 얻게 된 나이니 조금 다른 현상이 나타날 가능성도 배제할 순 없었다.

애써 표정을 원상태로 복구하며 담담하게 행동했다. 예상하지 못했다고는 하지만 나쁜 일은 아니었다. 정령들이 나를 진심으로 따른다면 내 전력이 크게 늘어나게 되는 것이다. 계약의 내용도 입맛에 맞게 조정할 수 있으니 일석 몇 조의 효과와 같았다.

"너희는 보다 많은 계약으로 경험을 쌓아야 한다. 하지만 너희가 어느 정도 성장하기 전까지는 길을 밝혀줄 이가 필요하다."

―아버지의 말씀이 맞아요.

―아직 많이 부족해요. 가르쳐 주세요.

레이와 세라. 두 정령은 꺄르르 웃어대며 살랑살랑 따뜻한 불을 내뿜었다.

"나는 너희의 길을 밝혀줄 것이다. 그러나 기본적인 계약으론 한계가 있다. 내용의 수정이란 바로 그 점을 뜯어고치겠다는 말이다."

혹시 몰라서 재차 확인했다. 직접적인 계약과 관련된 사항은 몇 번을 확인해도 부족하다. 특히 일방적인 수정이니 어르고 달래야 함이다.

어르고 달래야 하는 게 정상이지만…….

―아버지의 말씀이 옳아요!

―세라도 그렇게 생각해요.

그다지 필요 없는 작업이었던 듯싶다.

'흠.'

그저 호칭만이 아니라, 무한한 믿음이 그 근저에 같이 깔려 있었다. 나로선 조금 이해하기 어려운 맹목적인 믿음이다. 그저 태어났을 때 먼저 본 존재라고 하여 믿을 수 있다니. '지배'의 영향이 이토록 큰 것일까?

숨을 들이마시고 말했다.

"……이런 내용이다."

이후 제법 길게 수정의 내용을 늘어놨다.

이중 계약. 내가 '주'가 되고 다른 이들은 '부'가 되는, 일반적인 경우라면 절대로 성립할 수 없는 조건을 입에 담았다.

아니, 조금 더 나아가서 욕심을 부렸다.

내 명령은 절대적으로 우선하며 심하면 다른 이와의 계약 해지까지 귀결된다는 이야기를.

―아버지, 이제 된 건가요?

―그럼 세라와 계약을 해요.

정령은 근본적으로 계약에 얽매이게 된다. 나는 지금 그들의 근본, 본능을 건드린 것이다. 그럼에도 스스럼이 없다. 그저 계약만 하면 좋다는 듯이 행동한다.

적어도 내가 아는 정령들과는 전혀 다른 모습이다.

내가 무겁게 고개를 끄덕이자 레이와 세라가 즉시 계약의 인장을 꺼냈다.

정령의 전신에 불로 이루어진 작은 글자가 떠올랐다. 기본적인 계약 사항과 내가 수정한 내용이 그대로 들어 있었다.

—랜달프 브뤼시엘! 나의 아버지. 레이와 계약을 해주시겠
어요?

—아빠, 세라와도 해줄래요?

"……좋다."

익숙하지 않은 분위기가 주변을 감싸고 있었다.

이히를 때와 비슷하면서도 확연히 다르다.

크리슬리와 함께할 때 아주 간혹 느껴본, 하지만 정작 그
실체를 몰랐던 그런 것들이 지금 두 정령에게서 마구 뿜어지
고 있었다.

내가 말을 끝냄과 동시에 전신의 글자가 타올랐다. 그러자
근원의 나무는 가지를 움직여 두 정령을 감쌌다.

[하급 정령 '레이', '세라'가 사용자 '랜달프 브뤼시엘'과 계약을 맺
었습니다.]

[근원의 나무가 두 정령을 축복합니다. 그 여파로 근원의 정수가
소모되었습니다.]

[하급 정령 '레이'와 '세라'가 중급 정령으로 진화하는 데 성공했습
니다!]

[근원의 정수의 축복으로 말미암아 둘은 보다 높은 '격'을 획득할
기회와 마주했습니다.]

[정령은 계약자와 교감하며 성장을 이룹니다. 반대로 교감이 약하

다면 기회를 얻었더라도 성장하지 못할 가능성이 높습니다.]

[10,000pt를 획득합니다.]

가지 속에서 다시금 모습을 드러낸 레이와 세라는 크기가 1.5배쯤 커져 있었다. 아직도 불덩이에서 벗어나지 못한 다른 정령들과 비교하면 장족의 발전이었다.

―아버지, 다른 아이들과도 계약을 해주세요.

―세라는 이대로도 괜찮아요.

고개를 돌리자 근원의 나무와 놀던 10만의 정령이 주변으로 몰려들고 있었다. 레이와 세라의 계약을 느끼고 본능적으로 다가온 모양이었다.

'이름 짓는 것도 일이겠어.'

불현듯 든 고민이었다.

어쩌면 이럴 줄 알았기에 이히도 '불일, 불이, 불삼'이라 이름 지은 건 아닐까.

고개를 절레절레 저었다. 어쨌든 시스템 메시지도 말했지만 정령의 성장에는 '교감'도 한몫하고 있었다. 대충 지었다간 교감은커녕 감흥마저 사라지게 될 것이다.

물론 짓는다고 전부 외울 수 있을 리는 만무했지만 일단 이름만큼은 제대로 지어주자고 마음먹었다.

'미치겠군.'

그것이 잘못된 선택이었다는 걸 깨닫는 데에는 긴 시간이 필요하지 않았다.

기나긴 계약을 끝마치자 삼 일이 훌렁 지나가 있었다. 그
간 500여 정령이 하급으로서의 격을 갖췄으며 레이와 세라
처럼 중급이 된 경우는 아예 없었다.

아무래도 근원의 나무가 내린 축복을 무시할 순 없었다.
정수를 소모해 가며 벌인 일이니 즉각적인 효과가 나타난 것
이다. 그렇다고 정수가 아깝지는 않았다.

상위의 '격'을 갖출 기회를 얻었다는 것.

다시 말해 정령왕으로서의 격 또한 갖출 수 있다는 의미
다. 그리만 된다면 정수 한두 개쯤은 웃으며 투자할 수 있
었다.

'그러고 보니 케르피가 건넨 씨앗도 있었지.'

물의 정령 케르피.

그녀가 건넨 돌멩이 몇 개가 있었던 걸 깜빡했다.

워낙 불의 정령의 숫자가 많아서 기억 속에 파묻혀 버린
것이다.

'물의 정령왕이 애지중지하던 씨앗이라고…….'

마법 주머니 속에 있는 돌멩이들을 꺼냈다. 그 숫자가 정
확히 다섯이었다.

케르피는 이것을 내게 건네며 정령왕을 언급했다. 물의 정
령왕에 대한 이야기는 전혀 들어본 적이 없는지라 의아스럽

지만, 그래도 명색이 정령왕이란 존재가 특별히 여긴 씨앗이니 무엇인가 이유가 있을 것이었다.

그냥 해본 말일 가능성도 없지 않으나 기존의 불의 정령들과 비교해 보면 확실히 더 강렬한 생명력이 느껴지긴 하였다.

'주머니 안에 있어서인가? 별반 변화는 없군.'

하지만 주머니 안에 있었다고 하더라도 아예 영향을 안 받을 수는 없었다. 턱을 쓸며 다섯 개의 돌멩이를 바닥에 차례대로 늘어놨다.

—아버지, 이게 무엇인가요?

—그런 거 말고 나를 봐요, 아빠!

레이와 세라가 나머지 정령들을 이끌고 내 주변으로 다가왔다.

둘의 성격은 정반대였다.

레이는 말을 조심스럽게 하는 편에 매사가 꼼꼼하다면, 세라는 말 그대로 철부지 어린아이를 연상케 했다.

그 극명한 차이 때문인지 둘은 자주 부딪쳤고 둘을 중심으로 10만의 정령도 나뉘게 되었다. 이런 현상은 또 의외인지라 중재를 할까 하다가 경쟁은 성장의 원동력임을 나 스스로도 인정하는 바였기에 그대로 두었다.

대립각을 세우다 보면 부작용도 있겠지만 장점 또한 발휘되리라 의심치 않았다. 하지만 불의 성격 탓인지 조신한 레이보단 세라 옆으로 더욱 많은 정령이 모여 있었다. 대략 6:4 정도의 비율이었다.

"물의 정령이 깃든 씨앗이다."

답해주며 슬쩍 둘의 반응을 살폈다.

레이와 세라, 다른 불의 정령들은 평범한 정령에 비해 특이한 구석이 많았다. 불과 완전히 반대되는 물이라면 마땅히 싫어해야 정상이나…….

둘은 아무렇지도 않게 다가와서 돌멩이를 꾹꾹 매만졌다.

호기심이 왕성한 얼굴. 딱히 싫어하는 기색은 보이지 않았다.

―이 아이들이 그럼 막내가 되겠군요.

―동생들이 생기는 거예요?

세라도 싫지는 않은 기색이었다.

―아버지, 어서 보고 싶어요. 제가 도울 게 없을까요?

―빨리빨리 나오렴. 나랑 같이 놀자.

둘의 관심은 지대했다. 뒤에 나열한 십만의 정령도 나보단 돌멩이 쪽을 유심히 지켜보는 중이었다.

'나 혼자 해야 한다는 법은 없지.'

어차피 내 마력으로 말미암아 파생된 불의 정령들이다. 나와 크게 다른 마력을 보유하고 있지는 않으니 도와준다면 괜찮은 효과를 낳을 것 같았다.

"정성을 가지고…… 잘 보듬어주면 될 것이다."

정성과 보듬어주라는 말. 어쩐지 입에 익지 않았다. 마치 처음 꺼내는 양 어색하기 그지없었다. 그래도 의미는 잘 전달이 되었는지 레이와 세라가 고개를 끄덕였다.

─제게 맡겨주세요.

─세라도 할래요.

이럴 때만 의견이 맞았다. 이윽고 둘은 그윽한 눈빛으로 물의 정령이 깃든 돌멩이를 보듬기 시작했다.

그로부터 삼 일 후.

돌멩이에 마치 알이 깨지듯 금이 가더니 그곳에서 물의 정령이 탄생하였다.

[극상성의, 수많은 정령의 보살핌을 받고 태어난 정령입니다.]

[본래라면 조화를 잃고 소멸되어야 정상이나 사용자 '랜달프 브뤼시엘'의 마력으로 강화되어 훌륭하게 균형이 잡혔습니다.]

[한계치가 크게 늘어납니다. 근본은 물의 정령이지만 미약하게나마 불도 품고 있습니다.]

[물의 정령들은 칭호 '불과의 조화(Epic)'를 갖게 됩니다.]

뽀오오…….

불의 정령들이 탄생할 때와 마찬가지로 물의 정령들도 물방울의 형태를 띠고 있었다. 다만 겁을 먹었는지 좀처럼 다가오질 못했다.

　주변의 눈치도 강하게 보았다.

　―겁먹지 마렴. 나는 레이라고 한단다.

　―세라! 언니야.

　레이와 세라는 슬그머니 다가가 손을 내밀었다.

　잠시 후 다섯 개의 물방울이 천천히 다가가 두 정령의 손에 닿았다.

　―아버지! 이 아이들의 이름을 지어주세요. 이름이 없으면 불쌍해요.

　―맞아요.

　이름. 또 이름이었다.

　불과 며칠 전, 10만 개의 이름을 짓느라 골머리를 싸매던 기억이 새삼 떠올랐다. 고작 다섯이라 하지만 또다시 이름을 짓는 수고를 하고 싶지는 않았다.

　"물일, 물이, 물삼, 물사, 물오."

　이럴 땐 이히의 작명 방법이 크게 도움이 되었다.

　이히는 선견자가 아니었을까 싶을 정도다.

　처음에는 비웃었으나 불일, 불이, 불삼은 희대의 작명이라 아니할 수 없었다.

　―……예쁜 이름이에요.

　―……아무 말도 안 할래요.

　두 정령마저 그저 짧은 답만 하고는 회피할 지경이었으나 나는 개의치 않았다.

씨앗에 깃든 정령들이 탄생하며 나와 계약을 맺었지만 방출하기엔 시기가 이르다. 조금 더 세상에 적응하고 존재력을 갖출 필요가 있었다.

거기서 나의 영향은 절대적이었다. 정령들은 내 기분 같은 것에 특히 민감했다.

그러나 나는 항상 냉소적이었고 이 특유의 태도를 바꾸는 건 어려웠다. 대다수 마족이 가진 분위기이기도 하거니와 나름의 생을 살아오며 쌓아올린 나 자신의 모습이기 때문이다.

'보통 때라면 내게 맞추라고 했을 것이다.'

내가 누군가에게 맞추기보단 남이 내게 맞추도록 하는 게 나답다. 그러나 정령들은 민감했고 입장 또한 미묘하게 달라서 대하기가 까다로웠다. 하지만 날이 갈수록 레이와 세라를 제외한 정령들이 나를 점점 어려워했다.

좋지 않은 징조다.

'다른 이를 위해 나를 바꾼다니.'

그게 가능할까?

도움이 된다면 조금 더 살갑게 구는 수준은 가능하다. 실제로 여러 번 그래왔으니까. 그러나 그런 '연기'를 정령들이 못 알아볼 리 없었다. 단박에 눈치채곤 거짓이라 여기며 더욱 거리를 둘 것이다.

그러한 생각을 이어 나갈 어느 날.

눈앞으로 몇 개의 메시지가 떠올랐다.

[근원의 요정 '이히'가 영혼에 크나큰 타격을 입었습니다.]

[근원의 요정 '이히'는 지난 몇 년간 '던전'과 '근원의 나무'를 오로지 존재력으로 지탱해 왔습니다. 그 여파가 뒤늦게 영혼의 결여로 나타났습니다.]

[주의하십시오. 던전의 근간인 요정이 사라진다면 던전도 무사하지 못할 것입니다.]

눈살을 찌푸렸다.

갑작스러운 메시지.

이히와 관련되어 있지만 나로선 아무런 징조 없이 일어난 일과 진배없었다. 이히조차 아무런 내색을 안 하지 않았나.

어느 정도 참을 수는 있지만 존재 자체에 타격을 입을 수준이라면 이히의 성격상 숨기려야 숨길 수 없었을 것이다. 어떻게든 얼굴에 다 드러나게 되어 있었다.

말인즉, 이히도 이런 일이 일어날 것이라곤 예상하지 못했다는 뜻이다.

'영혼의 결여……'

혼의 영역은 아직 완벽하게 개척되지 않은 길이다. 마법사, 연금술사, 모든 이가 마찬가지다. 어렴풋하게 깨달은 것을 토대로 무언가를 만들어낼 뿐이었다.

하지만 초월의 영역에 들고도 알아차리지 못한 것은 의외였다.

[혼의 결여가 심해집니다. 28.2% → 28.1%]

'생각만 하고 있을 시간이 없다.'

고개를 저으며 즉시 이동했다. 이히가 있는 장소는 뻔했다.

정원.

이히가 몰래 만든 자신만의 보금자리.

32층 외곽에 존재하는 그곳은 나도 아직까지 가 본 적이 없었다. 괜한 부담을 주지 않고자 딴에는 신경 쓴 것이었다. 전생에서 내가 정원으로 발을 옮겼을 때, 그때는 그곳을 없애기 위해 발걸음 했으므로.

별 감흥은 없었으나 그간은 괜스레 발걸음에 제동이 걸렸다. 하지만 문제가 생긴 지금 그런 걸 따질 겨를은 없었다.

32층 외곽으로 향하자 족히 100m가량 펼쳐진 작은 숲이 나타났다. 희귀한 나무와 풀, 꽃들, 지구에서 가져온 것 역시 많았다. 각종 벌레하며 사슴도 몇 마리가 눈에 띄었다.

평상시에 보았다면 '용케 여기까지 모았군'이라 말할

광경.

하나 내 눈은 숲의 중심부를 향해 있었다.

가장 먼저 영원의 꽃이 보였다. 마계 옥션에서 선물한 그것을 숲의 중심에 심어놓은 모양이었다. 그 바로 옆에 이히가 쓰러져 있었다.

이히의 근처에는 불덩이 세 개가 어지러이 날아다니는 중이었다. 바로 이히가 가져간 불의 정령들이다.

'늦진 않았군.'

이히의 외관이 평소보다 흐릿했다. 마치 노이즈가 낀 것처럼 곳곳이 결여되어 있었다. 물리력을 완전히 상실하고 존재 자체가 사라지려는 징조였다. 하지만 늦지 않았다 뿐이지 해결할 수 있다는 말은 아니다.

급히 이히의 곁으로 다가갔다. 그리고 즉시 마력을 주입했다. 나는 던전의 주인이었고 이히는 던전의 요정이다. 그저 약해진 것이라면 내 마력으로 말미암아 회복하는 게 가능하다. 그러나 아무런 차도가 없었다. 잠시 돌아오는 듯하였으나 다시금 투명해졌다.

어찌할까.

어찌해야 할까.

오만 가지 고민이 머릿속을 돌았다.

그러다가 이히를 한 손에 쥐고 최상층으로 향했다. 던전 코어에 귀속된 요정이니 코어의 근처로 가면 뭔가 방도가 생길 법도 했다.

'아니야…….'

던전 코어 위에 올려봤지만 요지부동이었다. 도리어 코어의 빛도 약해진 상태였다. 이대로 빛이 사라지면 이히도 함께 사라지리란 예감이 강렬하게 들었다.

"크리슬리, 줄리엄…… 오스웬, 그리고 모든 리치와 주술사들이여."

코어의 기능을 실행시키고 마력을 주입하며 동시에 말했다.

"지금 당장 최상층으로 오라."

족히 오백에 달하는 마수가 한데 모였다.

최상층을 처음 오르는 마수도 있었고 적대적인 종족의 경우엔 서로를 노려보며 이를 가는 마수도 있었다.

코볼트 제사장, 오크 샤먼, 리치, 고블린 마법사, 벤쉬 등등…….

적어도 외견으로의 공통점은 없지만 그들은 모두 '허구'를 공부한 이들이다. 마도와 주술. 존재하지 않는 것을 존재하게 만드는 힘. 혼의 영역도 비슷한 면이 없잖아 있었다.

특히 혼의 경우엔 분야가 워낙 중구난방이라 전문성을 가진 이는 전무했다. 같은 것을 읽고 공부해도 전혀 다른 결과가 나오는 게 이 '혼'의 영역이다. 하여 모두를 소집할 수밖에 없었다.

나는 던전의 주인으로서 그들은 모을 권리가 있었다.

"이 증상을 알아보는 이가 있나?"

모두가 모인 장소에서 나는 이히를 들어 올리며 말했다.

이히는 여전히 숨만 고르는 중이었고 의식을 전혀 차리지 못했다. 평범하게 생각하면 자는 것처럼 보이기도 하지만 모습이 희미해져 가는 건 결코 정상이 아니었다.

나는 혼의 공부에 관해 무지하다. 아직 닿지 않은 공부다. 할 생각도 없었고 그럴 필요를 못 느꼈다. 그것을 겸허히 인정하고 이들을 불러 모았다.

안 되는 걸 붙잡고 억지로 무언가를 해볼 만큼 나는 미련한 이가 아니다. 그런 모험으로 요정과 던전을 잃을 순 없었다. 적재적소라는 말마따나 이 영역에 관해 나보다 더욱 깊게 탐독한 이들이 분명히 있을 것이었다.

누구 하나라도 알아보는 이가 있다면 성공이다.

그러나 누구 하나 쉽사리 입을 열지 않았다.

"정말 없나? 얼토당토않은 이야기라도 이번만큼은 허하겠다."

"혼이…… 취익! 약하다."

열에 달하는 오크 샤먼 중 하나가 입을 열었다.

나는 그냥 '알아보느냐'고 말한 게 전부인데 혼과 연관이 있다고 말했다. 무려 500의 마수 중 유일하게 입을 열었으니

귀담아 들어볼 만하였다.

"혼이 약하다? 그게 전부인가?"

"취익! 잘 모르겠다."

하지만 오크 샤먼의 대답은 내 기대를 빗나갔다. 실망을
금치 못하고 미간을 주물렀다.

침묵은 길게 유지되었다. 누구 하나 섣불리 나서는 이가
없었다. 나의 분위기가 심상치 않다는 걸 그들 모두 아는 것
이다.

혹시 몰라 나는 자세한 언급을 하자고 결정했다.

"던전의 요정은 지금 중태에 빠졌다. 혼의 결여 현상이 나
타나 존재가 희미해져 가는 중이다. 이 혼의 존재력을 회복
할 수단을 알고 있는 이가 없는가?"

굳이 못 알아봐도 모르더라도 상관없다.

결정적으로 이히가 이런 상태에 몰리게 된 건 혼의 결여
때문이다. 이걸 해결할 수만 있다면 이히도 정상적으로 돌아
올 터. 하지만 마찬가지였다. 역시…… 혼을 주체적으로 연
구한 마법사나 주술사는 없는 듯싶었다.

그동안 마도의 분야에 투자를 소홀히 한 것도 있기는 했
다. 그보다는 전력을 올리는 게 더 낫다고 판단한 것이다. 그
런데 오크 샤먼 하나를 제외하고 모두가 꿀 먹은 벙어리가
됐다는 건 확실히 충격이었다.

"형편없군."

혀를 차며 쓰게 말했다.

모든 걸 내 마음대로 주무를 수 있을 줄 알았는데 여기서 막혀 버릴 줄이야.

한국의 던전은 중요하다. 내 모든 기반은 이곳에 있었다. 내 힘이라면 다른 던전을 차지하는 정도야 간단하겠지만 그뿐이다. 근원의 나무, 다른 던전보다 높은 등급, 한국에 던전이 있음으로서 생기는 이득들이 모조리 증발한다.

무거운 분위기가 마수들의 어깨를 짓눌렀다. 모든 마수가 급히 고개를 내리깔고 바닥만 쳐다봤다.

아예 고개를 돌리려 하자, 그 순간 오스웬이 나섰다.

"황제 폐하, 혼을 빚는 건 호문클루스를 만드는 자의 최종 목표와 같습니다. 가파람에게 언급할 기회를 줘보시지요."

아아, 그랬다. 오스웬의 말이 맞다. 호문클루스는 인조 생명체고 가짜 혼을 만드는 게 연금술사의 일이다. 호문클루스를 만들고자 리치까지 되어버린 가파람이라면 여기의 누구보다 더 자세한 내용을 알고 있을 것이다.

그런데 왜 여태껏 나오지 않았는가.

가파람도 확실하진 않은 표정이었다. 오스웬이 나선 걸 원망스럽게 쳐다봤다.

"가파람."

"……혼의 결여는 치료할 수 없소."

"정말 아무런 방법이 없는 건가?"

"이미 발생되어 오랜 시간을 누적한 혼이란 그 자체로 유일무이하오. 대체할 수 없으며 채울 수 없소. 억지로 채우면 소멸할 것이고 다시 만들면 이미 요정이 아니라 다른 무언가일 것이오."

"나는 요정과 혼이 연결되어 있다."

보다 확실히 주지시키고자 약간 위험한 내용을 입에 담았다. 요정과 던전의 주인의 혼이 연결되어 있다는 사항은 극비사항에 속했다.

요정을 해하면 던전의 주인에게도 타격을 줄 수 있다는 의미였으니까.

하지만 지금과 같은 상황에선 부질없다. 오히려 이런 식으로 이야기를 꺼내는 게 낫다고 판단했다. 그러나 가파람은 고개를 저었다.

"유감스러운 일이지만…… 혼은 교환하는 게 불가능하오. 떼어서 줄 수가 없소. 그게 가능하다면 정립된 수식이나 과학, 연금술과는 전혀 다른 '외지'의 영역일 것이오. 신들이나 가능할까?"

이래서 나서기 싫어했던 모양이다.

부정적인 이야기만을 전해야 하는 게 마땅하지 않았겠지.

실제로 가파람의 인공가죽에 미안한 표정이 드러날 정도였다.

나도 그 마음을 이해는 한다.

[혼의 결여가 심해집니다. 27% → 26.9%]

"불가능이란 없다. 단지 찾지 못했을 뿐이다. 500의 머리를 맞대면 방법이 나올 수도 있겠지."

"……."

부탁이 아니라 명령이다. 가파람을 비롯한 모든 마수가 입을 닫고 나를 주시했다.

"지금부터 3일을 주겠다. 최대한 알아보라. 필요한 게 있다면 즉시 말하도록."

몸을 돌려서 광장을 빠져나왔다.

─아버지가 매우 슬퍼 보여.

─아버지가 웃었으면 좋겠어.

─웃은 적은 없지만.

─그래도 가끔 기분 좋아 보이실 때가 있었잖아. 나는 그게 좋아.

정령들, 특히 불의 정령은 모두 시무룩해져선 힘없이 어깨를 늘어뜨렸다.

─우리가 할 수 있는 일이 없을까?

─아버지를 즐겁게 해드리자.

정령들은 급히 '아버지'의 곁으로 날아갔다. 몸을 부비고 노래를 부르는 등 온갖 애교를 떨어봤지만 아버지의 감정은 전혀 변하질 않았다.

슬픔과 비슷한 감정. 이 질척거림을 정령들은 도무지 참을 수가 없었다. 덩달아 우울해지는 것이다.

—저 이히라는 요정이 아버지에겐 엄청 중요한가 봐.

—저 요정을 고쳐야 아버지의 기분이 풀리실 거 같아.

—영혼이 결여됐대.

—그런데 영혼이 뭐야?

안타깝게도 정령들이 탄생하고 시간이 많이 흐르지 않았다. 아무리 성장이 빠른 던전 안이라지만 지식까지 모두 챙겨줄 수는 없었다. 게다가 영혼이라는 건 그들에게 너무나 복잡하고 어려운 단어였다.

결국 정령들의 대화를 가만히 듣고만 있던 레이와 세라가 나섰다.

—요정님의 빈자리를 우리가 채워야 해.

—던전을 깨끗하게 만들자.

—마수들도 관리해야 하고……

—근원의 나무랑도 놀아줘야 해.

사실 정령들이 할 수 있는 일이라고 해봤자 극히 한정되어 있었다. 그래도 가만히 있는 것보단 낫다고 판단한 10만의 정령이 바삐 움직이기 시작했다.

나는 즉흥적이었으나 그것도 어느 '선'을 정해두고 그 기준을 따랐다. 내가 처리할 수 있는 범위, 가능한 일만을 행해왔으니 거침없이 달려오는 게 가능했다.

하지만 이번 일은 전혀 예상 밖의 일이었다. 심지어 나로선 도무지 손을 쓸 겨를이 없는 천재지변과 같았다.

[영혼의 결여가 심해집니다. 8.2% → 8.1%]

이대로 0%가 되면 사라지는 건가?

이히의 몸이 엷어질수록 던전도 함께 기능을 멈춰갔다. 이대로 이히가 소멸하면 던전도 예전 파간 그리울리의 던전처럼 가라앉을 것이었다.

'혼과 관련된 것.'

가만히 있지는 않았다.

만물상점과 업적 상점을 뒤졌다.

실체가 없는 마수를 여럿 소환하며 의견을 물었지만 건진 건 없었다. 아이템도 비슷한 건 있었으나 혼을 회복하는 종류는 전혀 보이지 않았다.

'정녕 방법이 없는가?'

이를 갈았다. 이런 무력감은 또 오랜만이었다. 이히와 던전. 둘 중 하나라도 살릴 수 있다면 그 방법을 택하겠지만 아무런 묘수도 떠오르는 게 없었다.

내가 머리를 싸매고 있을 그때였다.

[상실된 던전의 기능이 조금씩 돌아옵니다.]

[마력의 흐름이 정상화되었습니다.]

[근원의 요정 '이히'의 존재력이 0.1% 회복되었습니다.]

[8.1% → 8.2%]

Chapter 54

유니크 던전

Dungeon Hunter

느닷없는 메시지. 그중 마지막 문장만이 눈에 들어왔다.

상실된 존재력이 회복된 것이다. 영혼의 결여가 나타나고 며칠이 지났지만 이런 적은 없었다. 계속해서 상실될 뿐 회복될 기미는 전혀 보이지 않았다.

무슨 변화가 있었던가?

나는 한 게 없다. 500의 마수도 머리를 맞대고 고민했지만 이렇다 할 방법은 나오지 않았다. 그 외적인 요소로 말미암아 지금의 현상이 일어났다는 뜻인데…….

'알 수가 없군.'

심지어 던전 내에서 일어난 일인지, 외부에서 일어난 일인지도 감이 잡히지 않았다.

고작 0.1%.

이히의 상태에는 변화가 없었다.

하지만······ 내리기만 하다가 처음으로 올랐다.

나는 이 현상을 확실히 알아보고자 움직였다.

"줄리엄, 오스웬."

크리슬리는 현재 외부에 있다. 로이와 로제를 도우며 공들여 탑을 쌓아가고 있었다.

남아 있는 이들 중, 던전 내에서 가장 지능이 높으며 믿음이 가는 게 그나마 이 둘이었다.

—오크가 다쳤어.

—상처를 불로 지지자!

—정원도 관리해야 해! 그런데 정원은 어떻게 관리해?

—영차! 영차!

불의 정령들은 바빴다. 10만의 정령이 한 치의 쉴 틈도 없이 이곳저곳을 쏘다녔다. 하는 일은 별게 없었지만 우중충한 던전에 한줄기 활력이 되었다.

축 늘어졌던 마수들이 힘을 되찾았고 그간 방치되다시피한 던전이 깨끗하게 치워지기 시작했다. 청소는 이히도 손을 놨었던 일인데 정령들이 솔선수범하여 치워 나가는 것이다.

이히의 정원을 관리하고 근원의 나무와도 놀아주며 정령들은 나름 의연하게 행동했다. 태어난 지 얼마 되지도 않은 이들이 이처럼 움직일 수 있었던 건 오로지 하나 때문이다.

아버지!

그가 기뻐하길 바라서다.

요정의 부재로 슬퍼하는 그분을 위하여 요정의 빈자리를 채워 나가는 과정이었다.

외에 다른 이유는 없었다.

중급 정령이 된 레이와 세라가 총괄 지휘하며 10만의 정령에게 일을 배분했다. 하나하나는 미약하지만 10만의 힘이 합쳐지니 어지간한 일 모두를 해낼 수 있었다.

그러던 어느 날.

―앗!

―아버지가 조금 기뻐하셨어!

이미 계약이 완료된 정령들은 미약한 감정의 변화에도 민감하게 반응하였다.

눈에 띄는 감정은 아니지만 그간 워낙 우중충했는지라 이것만으로도 정령들은 만족할 수 있었다.

―더 열심히 하자.

―요정의 빈자리를 우리가 채워야 해.

―영차! 영차!

정령들이 더욱 활기를 띠었다.

줄리엄과 오스웰의 보고를 받으며 나는 내심 황당해하고 말았다.

'정령들이 원인인 것 같다니?'

정령과 요정은 비슷하지만 다른 존재다. 서로에게 영향을 끼치는 건 거의 불가능하다. 한데 줄리엄과 오스웬은 정령을 언급했다.

"황제 폐하, 그 외에 던전에서 변화한 일이라곤 전혀 없습니다. 설령 변화가 일어났다 하여도 모두 정령이 원인이 된 일입니다."

"제 생각도 같습니다."

오스웬이 정중하게 말하자 줄리엄이 보조했다.

"정령들이 대체 무엇을 했다고 혼의 회복이 이루어졌단 말인가?"

묻지 않을 수가 없었다. 일단 이히의 근처에 정령들은 쉽사리 다가오지 않았다. 아니, 내 근처에도 요즘엔 잘 다가오지 않았었다.

"마음…… 아닐는지요."

"마음?"

이 무슨 뚱딴지같은 소리인가. 마음의 의미를 모르는 건 아니다. 하지만 그것만으로는 지금의 상황이 설명되지 않았다.

내 심정을 알아차린 오스웬은 더욱 신중하게 답했다.

"폐하, 저는 대장장이였습니다. 검에 혼을 싣는다…… 라고 표현할 만큼 모든 걸 담아 무기를 만들었지요. 검이란, 무기란 뭐겠습니까? 사실 철 덩어리에 지나지 않습니다. 그러나 제가 열심히 하면 검도 보답을 해줍니다. 열심히 망치를 내려 치면 내려칠수록 전혀 다른 모습으로 태어나기도 하지요. 지금 정령들의 심정이 그것과 비슷하지 않을까 싶습니다."

"정령들이 요정을 위해 열심히 하고 있고 그게 혼의 회복으로 나타났다?"

"비슷하지만 그런 단순한 문제는 아닌 것 같습니다."

더욱 아리송했다.

"정령들은 폐하로 말미암아 탄생했습니다. 왜인지 모르겠지만 맹목적으로 폐하를 따르는 모습을 봤습니다. 본래 정령은 집착이 크지 않은 성향일 텐데 말이지요. 하물며 '아버지'란 표현은 정령왕에게도 사용하지 않습니다."

가만히 팔짱을 꼈다.

어디 계속해서 말해보라는 뜻이다.

오스웬은 그에 따라 재차 입을 열었다.

"어쩌면…… 요정님에게 문제가 생긴 이후 폐하의 미묘한 감정 변화를 정령들이 눈치채지 않았는지요. 요정님의 부재로 생긴 일이니 그 빈자리를 자신들이 채우겠다고 여기며 일을 한 게 이런 결과로 나타난 것 같습니다."

"믿기지 않는 말이로군."

"아니라면 자연적으로 회복되었다는 것이겠지요. 어디까지나 추측일 따름입니다."

오스웬이 한 발자국 물러섰다.

나는 시선을 돌려 줄리엄을 바라봤다.

"같은 의견인가?"

줄리엄, 다크 엘프의 장로. 그가 숨을 크게 들이마셨다.

"주술사들이 입을 모아 말했습니다. 수많은 이가 강하게 염원하면 허구는 간혹 진실이 된다고……. 10만의 정령이 한 치의 엇나감 없이 같은 마음으로 움직이고 있다면, 영혼의 빈 공간도 채울 수 있지 않겠습니까?"

그저 둘만의 의견은 아니라는 것이었다. 믿음은 안 갔으나 믿지 않을 이유도 없었다. 영혼과 관련된 분야는 아직 밝혀지지 않은 게 많다. 혼의 결여가 쉽게 나타나는 일도 아니었으니 이런 경우가 생겨도 충분히 가능성이 있는 이야기다.

"좋다. 정령들이 혼에 관여하고 있다고 믿겠다. 그렇다면 내가 할 일은 뭐지?"

확실하지 않은 일.

하지만 믿기지 않는다고 가만히 있을 순 없는 노릇이다.

모든 일은 옳다고, 이 가정이 맞다고 생각하며 움직이는 게 가장 좋다.

비장한 각오로 말하자 오스웬이 얇게 웃었다.

"가만히 내버려 두십시오. 그냥 흐뭇하게 지켜보시면 됩니다."

정령들의 움직임을 유심히 살폈다. 하지만 오스웬의 말마따나 나서진 않았다. 그저 지켜보며 이히의 영혼과의 상관관계를 따져 봤다.

'단순한 노력이 영향을 끼친다.'

영혼의 결여는 조금씩 회복이 되는 중이었다. 하루에 1%가량일 따름이었지만 이만한 희망을 본 것만으로도 충분했다.

하지만 온전하게 이해는 되지 않았다. 이해하려고 노력했지만 그저 남을 위해 노력하는 것만으로 500의 마수와 내가 해내지 못한 일을 해냈다는 게 쉽게 와 닿지는 않았다.

정령들이 하는 일은 별게 없었다. 언뜻 보면 '놀고 있구나' 싶은 수준이었고 던전에 아주 큰 영향력을 끼치진 못했다.

그러나 조금씩, 정말 조금씩 던전의 모든 부분이 나아지고 있었다. 미처 눈치채지 못한 것들, 미세한 틈 하나 놓치지 않고 정령들은 해결하려고 애썼다.

—아버지가 보고 계셔.

—내가 제일 열심히 하고 있어요!

[근원의 요정 '이히'의 존재력이 0.2% 회복되었습니다.]
[14.5% → 14.7%]

가만히 지켜보자 정령들은 더욱 성심성의를 다해 움직였

다. 그럴수록 이히의 영혼은 가파르게 회복해 나갔다. 이로써 정령들이 영혼의 결여에 관여하고 있다는 게 확실해졌다.

'누군가를 위해 노력한다. 어려운 일이다. 나는 단지 나만을 위해 노력해 왔다.'

가만히 지켜볼 뿐이지만 내 머릿속은 더욱 복잡해졌다. 정령들에게 해준 일은 거의 없었다. 그럼에도 그들은 나의 관심과 애정을 갈구하며 있는 힘껏 움직였다.

계약 관계로 소환된 마수나 마계 옥션에서 구매한 녀석들과는 차원이 다르다.

맹목적인 믿음. 처음부터 그러했다. 이히와 비슷하지만, 그 전에 이히는 나와 계약으로 얽혀 있었다. 크리슬리도 함께 의식을 치름으로써 내게 종속되었다.

정령과도 계약을 하긴 하였으나 계약 전에도 저런 태도였다. 내가 계약의 내용을 바꿔도 싫은 기색 하나 내비치지 않았다.

처음이었다. 세상에 이런 종류의 믿음이 존재한다는 걸 처음 알았다. 전생에서도, 마계에서조차 느껴보지 못한 감정이다. 그래서 어색했다. 어떻게 바라봐야 좋을지 종잡을 수 없었다.

'나는 바뀌고자 했다. 하지만 바뀌지 않았군.'

미간을 짚었다.

회귀하며 전혀 다른 삶을 살자고 맹세했다. 마수들의 의견을 받아들이고 나 혼자 독존하지 않겠다고 다짐했다.

마족이란 틀을 넘어 진정한 왕이 되자고. 그렇게 생각했건만. 가만히 나 스스로를 관조하니 근본적인 부분에선 변한 게 하나도 없었다.

'이 성격 자체를 바꾸는 건 쉽지 않다. 하지만 잣대를 조금 내리는 건 가능하지 않을까.'

적어도 나를 믿고 따르는 이들에 한해서 기준을 낮추고 바라볼 수 있다면 그것도 장족의 발전이라 아니할 수 없었다.

나는 마냥 따뜻하기만 한 바람이 될 수 없다. 그러나 시원한 바람 정도는 될 가능성이 있었다.

그리 마음먹자 조금은 시야가 바뀌었다. 정령들을 바라보는 눈에 약간이나마 온기가 서렸다.

[마력의 성질이 미약하게 변화했습니다. 조금 더 '조화'를 추구하게 되었습니다.]

[순수 지능과 마력이 2 상승합니다.]

[잠재력 한계치가 5 상승합니다.]

일종의 깨달음이었다. 조금이지만 나는 또다시 벽을 넘었다. 발상의 전환. 조금 다르게 사고하고 바라볼 따름이었는데 이런 변화가 생겼다.

'내가 나아갈 방향. 그 길엔 그저 파괴만 있을 줄 알았거늘.'

조화라니.

피식 웃고 말았다. 그야말로 개가 웃을 일이었다. 누구보다 독선적이고 남을 낮추길 좋아하는 내가 '조화'를 추구하게 되었단다.

하지만 이제 나의 차가운 시선은 적들에게만 향하게 될 것이다. 나를 맹목적으로 따르는 이들에 한하여 나는 조금 더 낮은 잣대로 지켜볼 '여유'가 생겼다.

—아버지가 기분이 좋으신가 봐.

—나도 좋아.

—더 열심히 하자!

혼의 결여는 날이 갈수록 빠르게 회복됐고 고작 10일 만에 이히는 완치할 수 있었다.

"아우~ 뻐근해. 하암~ 잘 잤다."

무사태평하게 자리에서 일어난 이히는 눈곱을 떼곤 시선을 돌렸다.

"응? 마스터, 이히가 왜 이곳에 있을까요? 이히는 정원에서 잠들었는데."

이상하다. 고개를 갸웃하는 이히 근처로 정령들이 모여들었다.

—요정이 깨어났다!

—그럼 이제 일 안 해도 되는 거야?

―놀래~

그간 쌓인 게 많았는지 정령들이 우르르 몰려 나갔다.

"뭐야, 쟤들은? 이히히. 마스터, 그렇게 쳐다보면 이히도 부끄러워요."

"변한 것 같은 게 없나?"

"이히한테요? 음…… 아!"

이히가 자신의 몸을 내려다보곤 크게 놀랐다.

"날개가 늘어났어요!"

본래 두 쌍이었던 날개가 네 쌍으로 늘어난 것이다. 이 변화는 영혼의 회복율이 90%에 달했을 때부터 나타났다.

"뭐지? 왜 날개가 늘어났지? 막 힘도 넘치는 것 같구……."

이히는 날개를 활짝 펼쳤다.

그와 동시에 날개에서 환한 빛 무리가 쏟아져 나왔다.

빛은 곧 최상층을 넘어 던전 전체를 집어삼켰다.

"어어……?"

당황한 이히가 눈을 깜빡였지만 나는 또다시 떠오른 여러 메시지에 놀라는 중이었다.

[근원의 정령이 가진 혼의 격이 한 단계 상승했습니다.]

[근원의 나무가 각성하였습니다. 보다 강한 영향을 던전에 끼칩니다.]

[정령들의 성장 속도가 더욱 빨라집니다.]

[던전이 '유니크(Uniq)' 등급으로 격상했습니다.]

[자세한 사항은 내정 모드에서 확인할 수 있습니다.]

이히의 존재력이 한층 더 커진 건 분명했다. 날개가 한 쌍 늘어나면서 격이 올랐음을 능히 짐작할 수 있었다. 하지만 이히의 격이 상승함과 동시에 근원의 나무마저 각성할 줄은 예상하지 못했다.

더불어서 던전의 등급 또한 오를 줄이야.

위기가 기회가 된 셈이었다. 이 모든 시작이 정령들이라 생각하니 기분이 묘했다.

만약 정령의 씨앗을 받아오지 못했다면, 그들을 탄생시키지 못했다면 이런 우연은 결코 일어나지 않았을 것이다. 나 혼자서는 혼의 결여를 해결할 능력이 안 되는 탓이다.

우연과 우연이 겹쳐서 일을 냈다. 조금씩 덧칠된 밑그림이 대작으로 완성되었다.

쿠르릉!

메시지가 떠오른 직후, 던전의 변화가 시작되었다. 근원의 나무가 뿌리를 넓혀 던전 전체에 넓히는 것이 느껴졌다. 이건 마치 근원의 나무가 던전과 하나가 되는 느낌이었다.

'마력의 농도가 짙어졌다.'

던전이 가진 고유의 방어력이 상승했음을 물론이거니와 내 '권한'도 늘어났다. 본능적으로 알았다. 더 자세한 사안은 내정 모드로 들어가 봐야 알 수 있겠지만…….

'유니크 던전이라니.'

전생에서조차 던전에 등급이 있다는 소리는 못 들어봤다. 던전은 그저 다 같은 던전인 줄로만 알았다. 그것은 레어 등급으로 격상했을 때에도 크게 다르지 않았다.

더 이상 오르진 못할 것이라 지레짐작 하였는데…… 그 위인 유니크 등급에 도달한 것이다.

'에픽, 레전드 등급도 있다는 뜻.'

고개를 주억이며 앞을 바라보자 이히의 몸에서 새어 나오는 빛이 줄어들었다. 잠시 후 빛무리 속에서 모습을 드러낸 이히는 조금 더 몸집이 커져 있었다.

"어? 이히가 성장했어요, 마스터!"

머리통만 한 크기에서 손가락 반 마디쯤 늘어난 것에 불과했지만 이히의 기준에선 장족의 성장일 것이었다.

이히는 헤실헤실 웃으며 나름 의연한 모습을 보였다.

빛이 나올 때만 하더라도 당황했지만 그 속에서 무언가를 깨달은 모습이었다.

"뭐가 바뀌었는지 알 것 같나?"

손가락으로 입술을 만지작대던 이히가 내 물음에 입을 열었다.

"조금은요. 근원의 마법 몇 가지가 이히한테 흘러왔어요. 하나하나가 어~ 엄청 대단해서 많이 쓸 수는 없지만 앞으로 이히가 더욱 도움이 될 것 같아요. 그리고 근원의 나무가 말해줬어요. 잘하면…… '최초의 왕'을 만들 수 있을 것 같대요."

"왕?"

근원의 마법이 무엇인지 전혀 감이 안 잡혔지만 그보다 더욱 궁금한 건 바로 왕이라는 말이었다. 업적처럼 '최초'라는 타이틀은 달콤한 법이었다. 하물며 그 뒤에 왕이란 수식어가 붙어 있으니 절로 궁금증이 도졌다.

그러자 이히가 작게 고개를 저었다.

"하지만 아무 왕이나 만들 수는 없대요. 마스터가 결정하래요. 마계나 천계, 그곳의 마족과 천사처럼 독립된 개체의 왕을 만드는 게 가능하다고……. 그럼 이 던전이 하나의 또 다른 세상으로 바뀔 거래요."

"……."

잠시 할 말을 잃었다. 이히가 내게 건넨 말은 결코 간단한 것이 아니었다. 던전이 그저 던전에서 끝나지 않고 아예 독립적인 세계가 된다는 의미였다. 천계와 마계, 이곳 지구처럼 하나의 확고한 '존재'로서 납득될 수 있다는 것이다.

한마디로.

"내가 신이 된다는 건가?"

이히가 실소했다.

"에이~ 그건 아니구요. 마스터, 왕 하나만 있는 세계에 신이 무슨 소용이겠어요? 물론 마스터가 던전 안에서 '내가 신이다!' 하고 다니면 그걸 아니라 할 마수는 없겠지만요. 음…… 안 그래도 이히가 다~ 물어봤어요. 마스터가 신이 되려면 아직 부족한 게 있대요. 일단 신의 자격은 초월자를 초월해야 그 자격을 얻는다고 해요. '데미갓'이라 표현하는데 단순 능력치만 높으면 되는 게 아니라 그러한 업적을 쌓아야 한대요. 그런데 그 부분에서 마스터는 이미 상당한 업적을 쌓았거든요? 그러니까 강해지기만 하면 자격을 얻는 거예요! 이히히!"

신의 자격을 얻기엔 아직 내가 약하다는 말이었다. 듣기에 따라선 충격적이지만 어느 정도 납득은 되었다.

당장 나보다 강한 이를 손에 꼽자면 그림자 황제와 진마룡 아오진, 불의 정령왕 가랏쉬가 있었다. 그 외에 내가 모르거나 아직 알려지지 않은 강자가 더 있을지도 모른다.

그들도 신의 자격은 얻지 못했다. 그림자 황제는 반신에 준했지만 결국 자신의 운명을 거스르지 못하고 도박조차 패했다.

지금은 마계에 있다고 추정되나…… 여태껏 신이 되지 못한 건 사실이다.

하나 이러다 보니 목표가 조금 불투명해졌다. 내 진정한 목표는 어디까지나 마왕이 되는 것이었다. 마계의 주인이 되어 그곳을 다스리는 것만을 목표로 삼아왔다.

한데 나만의 세계가 구축된다면 굳이 거기에 목을 맬 필요가 없어지는 것이다.

'아니, 내 목표는 변하지 않는다.'

침음을 삼켰다. 나는 생각보다 집착이 강하다. 한번 되겠다고 다짐했고 특별한 이유가 없는 한 되고 말 것이었다.

어쨌거나 던전의 등급이 오르며 상상 이상으로 큰 이득을 취할 수 있을 것 같았다.

"새로운 왕은 어떻게 만들 수 있는 거지?"

"그게요. 이히가 물어봐도 대답을 안 해주더라고요. 태초의 씨앗이 될 '도안'을 찾으라는데 이거 참 알쏭달쏭한 거 있죠?"

"도안이라……."

무언가를 만들 때의 형상, 틀 따위를 의미하는 것이었다.

하지만 전혀 감도 잡히지 않았다. 천사와 마족, 인간처럼 '주'가 될 생명체의 도안 같은 것이 어딘가에 존재하는 것일까?

만약 그런 게 있다면 정말 신들만 알고 있을 터였다.

'이 역시 자연스럽게 알게 되리라.'

그러나 조급해하지 않았다.

힌트를 얻은 것으로도 족했다.

모른다면 그냥 넘어가겠으나 태초의 씨앗이 될 도안이 있다는 걸 알았으니 언젠가 자연스럽게 접하게 될 것이었다.

마치 퍼즐을 맞춰가듯이.

"이히히히. 마스터, 이히가 마법 하나 보여줄까요?"

"근원의 마법이라 한 것 말인가?"

"예! 이히가 잘 조절해서 한번 해볼게요."

이히에 대한 상태창은 심안을 열어도 개방이 되지 않았다. 하여 나도 이히가 무슨 스킬을 얻었는지 알 수 없었다.

근원의 마법 몇 개를 얻었다고 하는데 그 이름처럼 거창할지는 두고 볼 일이었다.

'혹시 모르니 주의해야겠군.'

내가 가만히 고개를 주억이자 이히가 손을 번쩍 들었다.

"얍!"

당찬 외침 소리와 함께 이히의 손에서 작은 빛줄기가 쏘아졌다. 이윽고 그 빛줄기가 던전의 천장에 닿았고 근원의 뿌리로 추정되는 것이 동시다발적으로 천장에서 모습을 드러내기 시작했다.

뿌리로 공격이라도 할 생각인가?

비슷했지만 달랐다. 뿌리가 내려오고 서로 얽히며 거인의 형상을 만들었다. 히드라에 버금가는 크기의 거인이 무려 세 구나 빈자리에 생겨났다.

"헥~ 헥~ 아유, 힘들어. 이거예요, 마스터. 이히가 근원의 거인을 소환했어요."

이름 : 근원의 거인

능력치

　힘 100

　지능 90

　민첩 95

　체력 100

　마력 80

　잠재력 (465/???)

특이사항 : 근원의 나무가 일시적으로 만들어낸 거인입니다. 근원
　　　　의 요정이 가진 힘의 역량에 따라 능력치와 소환 시간
　　　　이 결정됩니다.

　최상급 마수였다. 그것도 3Lv에 버금가는 수준의 마수가
무려 셋이었다. 근원의 뿌리가 존재해야 가능한 마법이긴 하
지만 이만한 힘이라면 적어도 던전 내에선 요긴하게 사용할
수 있을 것 같았다.

　문제는…… 소환 시간이었다.

　"헥! 헥! 헤헥! 아, 갈증 나. 안 되겠어요, 마스터. 이히한
테는 여기까지가 한계인가 봐요."

　고작 1, 2분 남짓의 시간이 지나자 이히는 목마른 개처럼
숨을 헐떡였다. 세 마리를 동시에 소환해서 그런지 그만큼
무리가 따른 듯싶었다.

　하지만 그래도 짧다.

'이래선 다른 마법도 비슷하겠군.'

위력은 있으나 이히가 제대로 컨트롤을 하지 못할 것 같았다.

하여튼 근원의 마법은 꽤 매력적이었다. 이히의 존재력이 더 커지고 제대로 활용할 줄만 알게 된다면 다른 최상급 마수 모두를 합친 것보다 이히 하나의 가치가 더 올라갈 가능성이 없지 않았다.

지금은 무리지만 가능성만큼은 열어두었다.

"수고했다."

"이히히히히."

이히가 몸을 배배꼬며 어쩔 줄 몰라 했다.

상당히 오랜만에 듣는 칭찬이라 그런지 반응이 더욱 격했다. 나는 그런 이히를 뒤로한 채 던전 코어를 바라보았다.

'내정 모드.'

그리고 유니크 던전으로 등급이 상향되며 바뀐 점을 보고자 내정 모드에 들어갔다.

동시에 수많은 문자가 나열되며 눈을 어지럽혔다.

나는 그중 바뀐 것들만을 빠르게 잡아냈다.

[던전의 등급 - 유니크(Uniq)]

[던전의 배리어 총량 - 20,000,000]

[던전의 마력 상태 - 순수(던전 내 마수의 모든 능력치+2)]

…….

[근원의 뿌리가 던전 전체에 퍼짐(모든 충, 모든 마수의 번식률 대폭 증가).]

[던전의 외견을 변화시키는 것이 가능해짐. 높이와 폭 상한선 -
200km]

[종족의 한계를 넘어선 마수가 탄생할 확률 소폭 증가.]

…….

[충의 통폐합 가능.]

[마스터 가디언의 잠재력 한계치 50 증가.]

많다. 추려내도 이 정도였다. 일단 배리어의 총량이 눈에
띄게 늘었고 모든 마수의 능력치마저 올라갔다. 총합 10의
능력치가 올라간 셈이니 이 수치는 결코 적지 않다.

게다가 한계를 넘어선 마수라는 대목이 눈길을 끌었다.

킹이나 로드 같은 존재가 아니라 더 상위의 존재.

'네임드.'

이름을 가지고 널리 떨칠 수준의 마수가 탄생할 가능성이
생겼다는 뜻이다. 모든 것을 초월해 이름을 남기는 건 쉽지
않은 일. 예컨대 진마룡 아오진과 같이 초월자의 벽마저 뛰
어넘을 마수가 등장할 수도 있다는 것이다.

그러한 존재를 간단하게 추려서 '네임드'라고 불렀다. 전
생에서 인간들이 사용한 언어이긴 했지만 이 이상으로 그를
표현할 단어는 거의 없었다.

'마스터 가디언이라면 크리슬리겠군.'

게다가 크리슬리의 잠재력 한계치가 50이나 상승했다고 한다. 본래도 484의 우월한 한계치를 지니고 있었는데 지금은 534가 됐다. 그야말로 초월자가 될 자격을 획득한 것이었다.

'내 명령을 듣는 초월자. 썩 괜찮겠어.'

아직 갈 길이 멀지만 상상만으로도 주먹이 꽉 쥐어졌다. 크리슬리가 초월자의 벽을 넘어서게 된다면 나는 더도 없이 막강한 전력을 손에 쥐는 셈이다.

이히의 마법도 있으니 기대치가 매우 높았다.

머릿속을 정리한 후 나는 아직도 웃는 이히에게 말했다.

"이히."

"크흠! 크흠! 네?"

애써 웃는 얼굴을 지우며 이히가 나를 돌아봤다. 무슨 이야기를 하려는지 벌써부터 궁금증이 넘치는 얼굴이다. 내가 말하려고 하는 것. 하려고 하는 일은 간단했다.

"층을 두 개로 줄이겠다."

서른 세 개의 층을 두 개의 층으로 만드는 것!

최상층과 아래의 모든 층을 분리하여 보다 땅을 효율적으로 사용하기 위함이다.

나뉘어진 채로는 불편한 점이 많았다. 하지만 합쳐서 한 번에 관리하면 보다 효율적으로 변할 터.

말인즉, 서른 두 개의 층을 합친다는 것이고 그로서 나타날 면적은 상상을 초월할 것이었다.

　그리된다면 던전이 아니라 하나의 작은 세계라고 보아도 무방하지 않을까.

Chapter 55

태동

Dungeon Hunter

'이동 마법진은 그대로 이용이 가능하다.'

나는 '층의 통폐합 가능' 기능에 관해 더 자세히 들여다보았고, 그 결과 이동 마법진이 그대로 유지된다는 것을 알게 되었다.

도리어 몇 개의 지점에 마법진을 추가할 수도 있었다.

이동 자체에 어려움은 없다는 것이다.

"그거야 가능한 일이지만요, 마스터. 층을 갑자기 줄이면 문제가 생기지 않을까 하고 이히는 생각해요."

나는 가만히 턱을 쓸었다.

이히의 말도 타당하다. 갑작스런 변화에 적응하지 못하는 마수가 나올 터. 하지만 크게 문제 될 건 없다고 판단했다.

'내 던전의 마수는 강하다. 다른 던전의 마수보다 능력치

면에서 우수하지. 그리고 스스로의 문화를 만들려는 기색 또한 있다. 적응력도 무척 높고.'

근원의 나무의 영향인지, 던전의 등급이 올라서인지, 아니면 다른 이유가 있는지는 몰라도 내 던전의 마수는 타 던전의 마수에 비하여 모든 면에서 뛰어났다. 우월하다고 할 수준은 아니나 분명히 차이가 있었다.

그러니 층을 합침으로 인해서 서로가 자극받게 된다면 층이 분리되어 그저 존재만 하던 시간에서 벗어나 '발전'을 할 수 있을 것이란 강한 확신이 들었다.

만약 시행한다면 지금이 적기였다.

막시움과 로이, 로제, 크리슬리가 외부에서 시선을 끌고 있는 사이 결판을 짓는다. 그 정도면 마수들이 적응할 여유로는 충분할 것 같았다.

'자극 없는 발전은 없다.'

고개를 주억였다. 괜히 층의 통폐합과 관련된 문구가 나타나진 않았으리라. 이를 염두에 두고 짜인 게 분명했다.

먹고 먹히는 사슬 관계가 형성되며 종을 초월한 마수가 나타나리란 바람을 가져 보았다. 성공할 경우 나는 거의 대부분의 제약으로부터 자유로워진다. 마계 옥션에 목을 매거나 다른 이들의 눈치를 볼 필요도 사라진다.

"실행하라."

"알겠어요, 마스터. 그런데 그 전에 먼저 경고를 하고 대비할 시간을 주는 게 낫겠죠?"

"그러는 편이 낫겠지."

"이히히, 네에~"

이히는 싫은 기색 하나 없이 명령을 받아들었다. 하기야 조금이라도 여파를 줄이고자 경고를 하는 게 나쁘다고 할 수는 없었다.

이히가 움직이자 날개에서 작은 빛가루 같은 게 떨어져 내렸다. 전에는 없던 현상. 빛가루는 자체적으로 빛을 내며 떨어진 자리에 '조화'를 만들었다.

'스스로 요정왕의 격에 도달할 가능성도 있겠군.'

그저 문헌으로 보았을 따름이지만 요정왕이 저와 비슷한 현상을 일으킨단 문구를 본 적이 있었다. 요정왕이 지나가는 자리에는 항상 생명이 넘치며 새로운 생명을 탄생시킨다고.

아직 그 수준에까지 미치지는 못했지만 몇 번만 더 이와 같은 일을 겪으면 요정왕의 격을 갖추는 게 불가능할 것 같지는 않았다.

요정왕.

수만 년간 비어 있었고 어느 요정도 되지 못했다. 이에 하는 수 없이 요정들은 마신의 권유를 받아들인 것이다.

새로운 요정왕을 세우고자.

만약 이히가 요정왕이 된다면, 다른 던전의 요정들은 어떠한 선택을 할까?

새로운 요정왕의 탄생을 축하할까? 염원을 이뤘으니 굳이 마족과의 계약을 유지할 필요는 없었다. 물론 억지로 파기했다간 혼의 소멸을 맞이할 테고 그러한 강심장을 지닌 요정은 거의 없을 테지만 무언가 변화가 일어나리란 건 확실했다.

행동이든 태도이든 간에.

'혼의 소멸이라.'

다시금 그림자 황제의 이름이 뇌리에 새겨졌다. 다크 엘프 하이어 쉴라와 그 저주에 관해 알지 못했다면 진즉 소멸한 것으로 판단하였을 것이다. 처음 이스터 에그가 발동하고 나락군주의 심장을 얻었을 때, 그가 발악하는 목소리를 들었고 '소멸'되었단 메시지를 본 탓이다.

하나 마계에서 그의 흔적이 발견됐다.

최측근이었던 막시움이 인정했다. 그림자 황제의 마력과 비슷하다며.

게다가 최상급 4Lv에 해당하는 다크 엘프 하이어가 저주로 죽었다. 싸우려고는 하였지만 크게 반항조차 하지 못한 기색이 뚜렷했다.

그만한 강자.

대공은 모두 지구에 있다. 아무리 생각해 봐도 그림자 황제 본인 외에는 떠오르지 않았다. 그러나 확실하지 않아서 예상일 따름이었다. 그림자 황제의 마력을 이은 제3자 출현의 가능성도 배제할 순 없었다.

'신들을 속인 채 다시 부활하려 했던 놈이다. 다른 수작을 부렸을 수도 있고 정말 제삼자가 힘을 이었을 수도 있겠지.'

어깨를 으쓱했다. 하여간 그림자 황제는 지저 세계를 준비하고 스스로 그곳의 온전한 신이 되고자 하였다.

'신. 모든 걸 준비한 채 신이 되려 했다면 태초의 씨앗도 어딘가에 구비를 해놨을 것일진대.'

그리고 그것은 보물 창고에 있을 확률이 무척 높았다.

보물 창고의 아이템은 모두 업적 상점에서 확인할 수 있었다.

하지만 태초의 씨앗과 비슷한 것은 전혀 보이지 않았다.

'이름은 다를 수도 있다. 연계되는 게 있을 수도 있고. 조금 더 살펴보자.'

이후 몇 날 며칠 나는 업적 상점을 뒤졌다.

Dungeon Hunter

아이러니하게도 서울에 다시 모인 사람들은 던전 근처에서 힘을 기르기 시작했다. 이에 우려를 표하는 사람도 분명히 있었지만 적어도 외국에서 쳐들어온 마족과 마수들의 등장 이후 한국의 던전에서 몬스터 웨이브가 일어난 적은 없었기 때문이다.

그뿐만 아니라 지금은 전기, 석유 대신 대체되는 '코어'를 던전에서밖에 구할 수가 없었다. 가장 힘을 기르기에 적합한 장소이기도 하였다. 몬스터 웨이브만 일어나지 않는다면 말이다. 그리고 삼삼오오 사람들이 모이며 서울특별시는 다시금 활기를 되찾았다.

"젠장, 이것들은 이 바쁠 때 어딜 간 거야?"

김용우. 천명회의 길드 마스터인 그가 이죽거렸다. 어느 시점을 기준으로 유은혜와 에드워드가 사라진 것이다. 길드의 간판 격인 두 사람이 동시에 사라졌으니 길드의 운영에 애로사항이 꽃을 피웠다.

특히 지금같이 중요한 시점에서 둘의 부재는 타격이 컸다. 서류 더미를 정리하며 김용우가 한숨을 내쉬었다.

덜컹!

그 찰나 이지혜가 모습을 드러냈다.

"길마, 일 안 가요?"

로브 대신 활동하기 편한 옷과 삽을 들었다. 얼굴에는 먼지가 더덕더덕 붙어 있어서 일꾼을 연상케 했다.

동시에 김용우는 표정을 굳혔다.

"야, 나 길마야. 내가 꼭 그런 자리에 나가야겠냐? 안 그래도 처리할 게 산더미인데?"

"길마니까 나가야죠. 솔선수범! 인구 유입이 날이 갈수록 많아져서 판잣집 짓는 것도 힘들어요. 이럴 때 멋있는 모습을 보여줘야 우리 길드의 기강이 서지 않겠어요?"

"말은 청산유수지. 에효~"

"그렇다고 경비대 인원을 뺄 수는 없잖아요? 유입이 많아지면서 테러도 늘어났어요."

"구 정부 기관 놈들 말이지……."

서울 수복에 나선 이들은 크게 두 무리로 나뉘었다.

기린을 따르고 그녀의 말처럼 '성군'이 나타나길 기다리자는 쪽과 과거처럼 대통령을 필두로 정부의 힘을 부활시키자는 쪽이었다.

논란은 격했다. 결국 무력시위에 먼저 들어간 건 후자였다. 테러를 서슴지 않는 자들은 서울에서 쫓아내는 데 성공했지만 날이면 날마다 공격이 들어오고 있었다.

"그러게 진즉 좀 잘하지."

이지혜가 투덜거렸다. 김용우도 고개를 끄덕였다.

"돌이킬 수 없는 실수를 너무 많이 저질렀지. 대비하려면 대비할 수 있었을 텐데. 그래서 나라가 요 모양 요 꼴이 됐고."

기회는 많았다. 마족과 마수들의 침범은 갑작스러웠지만 힘을 모으고 침착하게 대비하면 그 많은 사람이 죽지 않아도 됐을 것이다.

겁에 질려서 꼬리부터 말았으니 처참하게 뭉개져 버렸다.

그 이후에도 자기들만 살겠다고 벽을 쳐 버리지 않았던가.

과거의 실수까지 더하면 이제는 더 실망할 건더기도 남아 있지 않았다.

이지혜는 피식 웃었다.

"결국 우리의 왕은 우리가! 그런 결론에 도달한 거죠. 그 성군이라는 자가 빨리 나타나야 할 텐데 말이에요."

난세를 종식시킬 성군의 출현!

서울에 모인 각성자들이 염원하고 또 염원하는 일이었다.

"성군이라……. 우리 길드에서 나오면 좋을 텐데."

"속물이네요. 어디에서 나오든 무슨 상관이에요? 나오기만 하면 됐지."

"이왕이면 다홍치마라잖아. 우리 길드가 어디 나쁜 길드냐? 얼마나 대의적이야. 엉뚱한 곳에서 나올 바엔 차라리 우리 길드에서 출현하면 더 넓게 두루두루 좋은 일을 할 수 있을 거야. 내가 뒤에서 팍팍 밀어줄 거고."

"잘도 밀어주시겠네요."

"그럼. 밀어줘야지. 그나저나 유은혜랑 에드워드에 대한 소식은?"

"편지 한 장 달랑 남기고 사라졌는데 제가 어떻게 알아요? 어련히 돌아오겠죠."

"느낌이 싸해."

"길마 느낌은 맞은 적이 별로 없죠? 착하고 다부진 아이니까 걱정은 말아요."

이지혜는 실제로 별반 걱정스러운 표정이 아니었다. 때가 되면 알아서 돌아오리라는 확고한 믿음이 근저에 있었다.

그것을 본 김용우가 쓰게 입맛을 다셨다.

"에라, 일이나 하러 가자. 이런 잡담 나눌 시간이 어디 있어?"

"웬일로 바른 말을 하네요."

"야, 넌 꼭……."

워낙 많이 생사를 넘나들어서인지 둘은 상당히 친해진 상태였다. 둘 다 지기 싫어하는 성격이긴 했지만 그게 어울린다는 사람도 있었다.

작게 혀를 차며 김용우가 작업복으로 갈아입었다.

그리고 삽을 든 순간.

쿵. 쿠우우우웅.

땅이 거칠게 흔들렸다.

"지진?"

김용우가 빠르게 이지혜의 곁으로 다가가 몸을 숙였다.

쿠르르르릉.

땅이 흔들리는 강도가 더 심해졌다.

"젠장, 무슨 일이야?"

"맙소사……."

"왜 그래?"

"던전이……."

던전이?

이지혜는 한 지점을 영혼 나간 사람처럼 바라보고 있었다.

김용우는 이지혜의 눈을 따라 고개를 돌렸다. 그리곤 힘겹게 입을 열었다.

"던전이…… 변한다고?"

던전의 외형이 변했다. 말 그대로 '던전'이라는 느낌을 물씬 풍기던, 북한산을 대신하여 자리 잡은 그곳이 지금은 거대한 '성'처럼 변해버렸다.

얼마나 거대한지 한눈에는 끝이 보이지 않았다. 폭만 수십 km는 되어 보이는 것 같았다. 높이는…… 상상불허. 하늘을 아득히 뛰어넘었다.

"명확한 원인이 규정될 때까지 던전 탐사는 금지합니다."

기린이 말했다.

특유의 신비한 분위기를 품은 채로 단상 위에 올랐다.

"코어 비축분이 거의 없습니다. 3일만 던전 탐사를 멈춰도 전부 동이 날 겁니다."

그에 따라 김용우가 언질했다. 기린과 독대할 수 있는 몇 안 되는 각성자. 거대 길드의 길드 마스터만이 가능하였다.

작은 강당 안에 일곱의 길드 마스터와 기린, 그리고 두 다크 엘프가 있었다.

대책을 회의하고자 한자리에 모인 것이었다.

"게다가 많은 각성자가 던전을 탐사하는 걸로 불안함을 감추죠. 그들이 폭발하면 피해가 클 거예요."

담비 길드의 마스터 아린, 그녀가 내용을 덧대자 분위기가 역전되었다. 하지만 기린은 요지부동이었다. 그 옆에서 마검을 쥔 로이가 말했다.

"던전 코어의 문제라면 해결할 수 있어요."

"탐사 없이 코어를 얻을 수 있다는 말입니까?"

김용우가 입을 열자 로이는 고개를 끄덕였다.

"저의 주인님께서 대량의 코어를 보내주셨어요."

"구세주께서……?"

"무기도 하나 보내주셨어요. 분란을 일으키는 자들을 정리하라고요."

짝!

로이가 한 차례 손뼉을 쳤다. 그러자 작은 인영 하나가 천장에서 뚝! 떨어졌다.

"헙!"

아무도 그 존재를 눈치채지 못한지라 길드 마스터들은 놀라고 말았다.

키는 고작해야 자신들의 어깨까지나 올까. 털이란 털은 한 올도 없는 맨몸의 남성이었다. 눈동자는 온통 까맸으며 날름대는 혓바닥이 기이하게 길었다.

"호문쿨루스. 실패작이라지만…… 그들을 견제할 수단으로는 충분할 겁니다."

호문쿨루스.

인공 생명체!

들어보기는 했으나 이곳에 모인 일곱의 길드 마스터는 그 실체에 대해 아는 바가 없었다. 단지 피부로 느껴지는 본능적인 공포가 대신 자리할 따름이었다.

길드 마스터라는 자리는 무조건 최강자가 되는 게 아니다. 같은 길드 내에서도 길드 마스터보다 강한 길드원은 많았다. 하지만 그들을 키우고 선별한 존재가 길드 마스터다. 가장 많은 던전 탐사와 마수를 마주한 것 역시 그들이었다.

그러다 보니 상대의 강함을 측정하는 게 자연스럽다. 지금 그들이 알고 있는 최강자는 구세주라 불리는 남자와 눈앞의 기린이었지만, 그다음으로 이 호문쿨루스를 넣어도 될 듯싶었다. 다크 엘프 로제가 사용하는 인공 골렘도 강하긴 했지만 이만한 압박감을 가져다주진 못했다.

"히이이……."

호문쿨루스는 괴기한 소리를 내며 길드 마스터들을 둘러보았다. 이윽고 가까이 다가가 기다란 혓바닥을 날름대며 그들의 뺨을 한 차례씩 핥았다.

꿀꺽!

누군가가 침을 삼켰다. 누군가는 검에 손을 가져다 댔다.

그것을 본 로이가 말했다.

"이 아이는 시력이 없어요. 대신 후각과 촉각이 무척 뛰어나죠. 지금은 아군이 될 자들을 인식하고 있는 거예요. 걱정하지 마세요."

"혀, 혀로 뺨을 핥는 게 말입니까?"

김용우는 아예 눈을 감아버렸다. 나름 강심장이라 자부하지만 호문쿨루스의 혓바닥이 뺨을 넘어 목덜미를 잡았을 땐 '이게 끝이구나'라는 생각마저 들었다.

"예, 그리고 이 아이는 경비대에 편입될 거예요. 믿을 만한 각성자들로 파티를 짜고 그들을 인식시켜 주세요. 다소 난폭한 편이라고 주인님께서 말하셨으니 그 과정이 없으면 아군을 공격할지도 몰라요."

"로이 님께선 함께하지 않으시는 겁니까?"

로이가 고개를 저었다.

"저와 로제는 이곳에 '씨앗'을 심고 의식을 치러야 해요. 멀리 나갈 수 없어요."

"씨앗이라니요?"

김용우가 눈을 깜빡이자 로이는 품속에서 두 개의 씨앗을 꺼냈다.

파란색과 붉은색의 대조되는 색깔을 지닌 씨앗은 척 보기에도 범상치 않아 보였다.

"생명과 죽음의 나무. 근원의 나무에서 파생된 지고한 생명체들. 정상적으로 자라면 우리에게 큰 도움이 되겠지만 아마도 이 두 나무를 심으면 마수들이 움직일지도 모른다고 하는군요."

로이의 말은 엄숙하기 그지없었다. 예전 겁쟁이의 모습에서 완전히 달라졌고 이제는 제법 의연한 모습이다. 그러나 말을 하는 로이도 이번만큼은 다소 긴장한 것 같았다. 그 분위기를 다른 길드 마스터들이 모를 리가 없다. 담비 길드의 마스터 아린이 그들을 대표하여 물었다.

"……몬스터 웨이브가 일어나는 건가요?"

"굳이 따지자면 저의 주인님께선 한국의 모든 마수를 처리한 건 아니에요. 아직 잔류하고 있는 이 근처의 마수들이 노리고 올 가능성이 있어요."

주인을 잃고 방랑하는 마수가 많았다. 그들에겐 각인된 귀소본능도 없어서 한국 내에서 사람들을 습격하며 지내고 있을 뿐이었다.

생명과 죽음의 나무는 자라는 과정에서 특정 마수들에게 아주 치명적인 냄새를 풍긴다. 본능적으로 나무를 얻고자 이곳으로 쳐들어올 것이었다.

아린은 당황함을 감추고 차분하게 물었다.

"그런 위험을 무릅써야 하는 이유는요?"

"자라나는 과정에선 마수를 끌어모으지만 다 자란 다음에는 마수들을 물리치거든요."

"그렇다면 굳이 지금 심을 필요는 없지 않을까요? 모든 게 안정화된 다음에 해도 늦지 않아요."

"아니, 지금이 적기예요. 앞으로 3일 이내에 심지 않으면

12년을 기다려야 해요."

로이가 꽉 막힌 천장을 올려다보았다. 천장 너머의 무언가를 직시하는 듯한 눈빛으로 무덤덤한 표정을 지었다.

아린은 고개를 돌려 다른 여섯 길드 마스터를 바라봤다. 어떻게 생각하는지 의견을 묻고자 눈빛을 교환한 것이다. 다들 반신반의였지만 그래도 한 번쯤 걸어볼 만한 도박이라고 여겼는지 무겁게 고개를 주억였다. 의견이 하나로 모이자 아린이 다시금 말했다.

"최대한 빨리…… 정리를 해야겠군요."

구 정부군.

기타 테러를 자행하는 자들.

그들과의 전쟁을 하루빨리 끝내야 했다. 최대로 잡아야 3일. 그 이내에 끝내는 게 최선일 것이었다. 질질 끌다간 마수와 정부군의 공격을 동시에 받을 수도 있었다.

관건은 호문쿨루스였다. 지금 정부군과 이곳의 경비대는 그 힘에 크게 우열이 나 있지 않다. 총력을 기울이면 6.5:3.5 정도이나 그들은 뭉치지 않고 흩어져서 전술을 펼치는 까닭에 여간 귀찮은 게 아니었다.

그때였다.

로이와 로제가 눈을 크게 뜨며 뒤쪽을 바라봤다.

뒤에 있는 것이라곤 그림자뿐일진대 둘은 마치 그곳에 누가 있다는 양 이야기를 시작했다.

"예? 그, 그럼 의식은요?"

"맞아요. 로이는 믿음직하지 못해요. 저희 둘이서 의식은……."

로제가 말을 끊고는 귀를 쫑긋 세웠다. 무슨 소리가 들리는 모양이다. 정작 길드 마스터들은 의아해하며 고개만 갸웃거릴 따름이었다.

"할 수 있을까요? 그, 그보다, 이런 일에 나서지 않으셔도 돼요. 지금처럼 조언만 해주세요. 음, 저희가 할 수 있어요."

"아니, 차라리 로제가 가는 편이 나아요. 여왕님은 편히 계세요."

여왕님?

구세주를 뜻하는 건 아닐 테다.

그 외의, 저 두 다크 엘프가 따르는 존재가 있다는 뜻이었다.

10초. 그쯤 정적이 찾아왔다. 이후 로이와 로제는 어깨를 푹 수그렸다.

"……알겠어요."

"……한번 해볼게요."

둘의 의견이 통일된 직후, 그림자에서 작은 윤곽이 생겨났다. 윤곽은 조금씩 뚜렷해지며 한 형상을 만들었다. 그 모습을 확인한 길드 마스터들은 숨이 턱 막히는 걸 느꼈다.

실크 재질의 하늘하늘한 로브를 착용한 여인이었다. 귀가 쫑긋하고 피부가 다른 걸 보아 로이, 로제와 같은 다크 엘프 같았다. 얼굴은 눈을 제외한 모든 곳이 가려져 있었지만 단순히 등장했을 뿐인데도 압도적인 존재감이 여실히 느껴졌다.

풍기는 분위기는 쉽게 범접할 수가 없었다. 눈만 보이는데도 그 미모가 익히 짐작이 갈 수준이다. 남자들의 경우 절로 손이 뻗치려는 걸 겨우 억제시켰다. 저 얼굴을 가린 천을 뜯어내고 싶다는 마음이 자연스럽게 들었다.

"반가워요."

"아……."

김용우를 비롯한 남성 길드 마스터 전원이 탄성을 내뱉었다. 여자들도 아린을 제외하면 모두 놀라고 말았다. 목소리 또한 어찌나 매혹적인지!

그러거나 말거나 다크 엘프 여인은 개의치 않고 다음 말을 내뱉었다.

"이번 작전, 함께하죠."

주어진 시간은 3일.

솔직히 빠듯했다. 흩어진 잔당을 모두 잡으려면 부족할 수밖에 없었다. 아무리 대단한 존재가 합류해도 속도에는 한계가 있는 법이다.

……모두 그렇게 생각했다. 그게 당연한 상식이었으므로.

하지만 상식은 깨졌다. 판이 뒤집혔다.

호문쿨루스는 적을 찾는 데 최적의 조건을 가지고 있었다. 초월적인 후각과 촉각은 은신 스킬을 사용한 채 숨어 있는 자들의 위치도 정확하게 짚어냈다.

그뿐만인가?

적어도 속도 면에 있어선 타의 추종을 불허했다. 그야말로 보이지 않는 속도! 파괴력은 속도에 비해 다소 약한 듯싶었으나 인간들의 기준에선 여전히 넘을 수 없는 벽이었다.

하지만 강한 자 하나로 모든 걸 해결할 수 있었다면 진즉에 했을 것이다. 기린은 인간들과 싸우지 않겠다고 공언했지만 로제가 끌고 온 골렘도 굉장히 강한 편이었으니까 말이다.

문제는 숫자다. 약한 스킬도 수백, 수천 개가 중첩되면 강력한 힘을 발휘한다. 실제로 로제의 골렘은 혼자 날뛰다가 구 정부군이 준비한 덫에 걸려 이천여 발이 넘는 스킬을 직격당하고 겨우 회수된 일이 있었다. 여러 가지 조건이 더 겹치기도 했지만 마냥 무시할 수도 없다는 의미다.

그런데 강한 존재가 하나가 아니라 '둘'이라면.

그것도 그중 하나가 비교도 안 될 강한 존재라면.

이야기는 달라진다.

파삭!

푹!

다크 엘프 여인.

그녀는 몇 수 앞을 내다보며 움직였다.

적진 한가운데. 적들이 설치한 함정을 모두 읽고 적들의 움직임을 파악하며 신속하게 생명을 앗아갔다. 현란한 몸놀림. 절제된 깔끔한 동작. 군더더기라곤 찾아볼 수가 없었다.

억! 하는 순간 반대쪽의 다른 한 명도 비명을 내지른다.

곁가지를 쳐 내고 3일째. 마침내 구 정부군의 본진을 치는 데 성공했다. 물론 전쟁을 그녀와 호문쿨루스만 하고 있는 것은 아니었다.

산으로 둘러싸인 이곳은 구 정부군의 본진이었고 천에 달하는 각성자가 대기하고 있었다. 일곱의 길드 마스터는 모든 길드원을 총동원에 이곳을 소탕하는 중이었다.

"한 놈도 빠져나가지 못하게 해!"

"우리에겐 승리의 여신이 함께하신다!"

아군의 사기는 가파르게 상승했다.

반대로 적군의 사기는 하염없이 낮아졌다. 그냥 싸움이었다면 이처럼 극명하게 나뉘진 않았을 것이다. 하지만 강력한 두 존재가 합류하며 상황이 반전되었다.

특히 '승리의 여신'이라 칭한 다크 엘프 여인의 활약은 눈이 부셨다. 기세싸움에서 완전히 밀렸으니 결과는 정해진 것과 같았다.

생명과 죽음의 나무.

근원의 나무가 격상하며 우연찮게 얻은 산물이다.

이히가 내게 보고하지 않고 그 특유의 빛깔 때문에 숨겨두었다가 불의 정령들로 말미암아 걸리고 말았다.

이히의 폭정을 견디다 못한 불일, 불이, 불삼이 반항을 꿈꾸며 레이와 세라에게 말했고 그것을 내가 전해 들었다.

결국 이히는 대성통곡을 하며 두 씨앗을 넘길 수밖에 없었다. 아무리 격이 상승했다지만 이런 면에 있어서 이히는 여전히 이히였다. 평생을 가도 쉽게 고쳐질 것 같지는 않았다. 어쨌거나.

'던전에 심기에는 무리가 있었지.'

생명과 죽음의 나무는 성장하며 마수들을 끌어모은다. 공격적인 성향을 극대화시키고 흥분하게 만든다. 본능적으로 움직이게 되는데 그때에는 던전 마스터의 명령이 일부 무시된다.

하여 던전에 심기엔 부적합하다고 판단했다.

'도리어 인간들의 성장을 촉진시키기에 더할 나위 없다.'

던전 코어 앞에 앉아 미간을 쥐었다.

사실 두 나무는 성장 조건이 있었다.

생명의 나무는 근처에서 생명이 태어날 때마다 조금씩 성장하고 죽음의 나무는 근처에서 생명체가 죽을 때마다 성장한다. 그리고 두 나무가 모두 성장했을 때, 주변의 생명체를 조금씩 '각성'시킨다. 예컨대 인간들의 경우 각성자의 비율이 더욱 높아지는 것이다.

마수들도 이에 적용하면 되지 않느냐?

하고 물을 수 있겠지만…….

'마수와 인간의 차이.'

마수는 그런 식으로 각성을 해도 크게 나아지질 않는다. 반대로 인간들은 거대한 '가능성'을 품게 된다. 이 차이가 가장 컸다.

게다가 두 나무를 던전 안에서 키웠다간 던전 안이 엉망이 될 가능성도 높았다. 차라리 인간들의 성장을 촉진시키는 역할을 하는 게 낫다고 여겼다.

'각성자의 비율이 높아지면 나로서도 여러모로 이득이다.'

무엇보다 한국의 인간들은 하루빨리 성장해 줄 필요가 있었다.

'태동. 새롭게 변해야 할 때.'

내가 가진 전력으로 하나의 파벌을 상대할 수는 있지만, 그들이 만약에 다른 수를 부린다면 한계가 생긴다. 그때 인간들은 도움이 될 것이다. 도움이 되어야 했다. 그러기 위해서 움직이고 있는 것이니까.

'인간들이여, 나를 실망시키지 마라.'

Chapter 56

지키는 자들

Dungeon Hunter

한국으로 쳐들어온 마족은 넷이었다. 그들은 판데모니엄 파벌의 휘하 마족으로서 주인 없는 던전을 차지하고자 다수의 마수를 끌고 진격했다. 판데모니엄의 적극적인 도움도 있었는지라 국내에 유입해 들어온 마수의 숫자가 상당했다.

최하급부터 최상급까지. 못해도 10만은 넘을 것이라는 게 모두의 의견이었다. 그중 대다수를 인간이 '구세주'라 칭하는 남자가 잡았지만 아직도 수만의 마수가 남아 있었다. 토벌대를 꾸리고 꾸준히 마수 사냥을 했어도 잡히지 않은, 숨어 있는 마수가 그 정도다.

지금까진 흩어져 있어서 사냥이 쉬웠지만 생명과 죽음의 나무가 마수를 끌어들이고 다수가 한 번에 쳐들어온다면 쉽지 않은 싸움이 될 것이었다.

그나마 구 테러를 자행하는 무리를 처리했기에 마수들에게만 집중할 수 있다는 게 다행이라면 다행이었다.

도시의 중앙.

폭 110m가량의 경기장을 수복해 그 중심부에 씨앗을 심었다. 생명과 죽음의 나무. 로이와 로제가 하나씩 맡으며 의식을 진행했다. 이 의식이 진행되는 도중에는 아무도 들어올 수 없도록 신신당부를 해놓았다.

그러나 기린과 크리슬리는 예외였다.

"이걸 그대들의 주인이 심으라 명했단 말입니까?"

씨앗은 심은 즉시 발아하여 자랐다. 그것을 바라보며 기린이 놀랍다는 표정을 지었다. 비록 창조된 신화 속 마수라고 해도 그 명성처럼 현묘하고 현명한 기린이었다. 두 씨앗이 가져다주는 강렬한 느낌을 단박에 알아차린 것이다.

크리슬리는 여전히 베일을 착용한 채 기린에게 말했다.

"기린, 우리는 의식을 행해야 합니다. 인간들을 도우세요."

"아직 마수는 나타나지 않았습니다. 그보다…… 참으로 묘한 기분이로군요. 죽음과 생명의 나무라. 서로 상반되는 기운을 지닌 나무지만 묘하게 조화가 되어 있어요."

기린이 한 발자국 다가가자 그에 반응하듯 발아한 씨앗들이 움찔거리듯 움직였다.

그것을 본 기린이 눈을 빛냈다.

"이 녀석들도 내게 반응합니다. 그대들의 그 의식이라는 게 무엇인지 모르겠지만 이 나무의 성장에 내가 도움이 될 수 있을 것 같군요."

"인간들은 방치하겠다는 건가요?"

"아니, 인간들은 충분히 강합니다. 그들은 결집할수록 강해지죠. 그저 각개로 들어오는 마수 따위에게 당할 정도로 약하지 않아요."

크리슬리는 기린을 의외라는 듯 쳐다봤다. 로이와 로제를 통해 기린의 탄생 등에 관한 이야기를 들었기 때문에 기린이 한국의 인간을 위해 얼마나 열심히 하는지 대강이나마 알고 있었다. 그런데 지금 기린의 태도는 들은 것과 달랐다.

크리슬리의 눈을 본 기린이 피식 웃었다.

"나는 인간의 보모가 아닙니다. 그저 그들이 자립할 수 있게 도와주는 역할일 뿐이지요. 물론 나를 탄생시킨 인간들의 염원을 아예 무시할 순 없습니다. 그래서 성군이 나타나고 나라가 안정될 때까지, 나는 이곳에서 중심을 잡을 생각입니다. 그 이후에는 이 '세계'를 조금 더 탐구해 보고 싶군요."

크게 집착하진 않았다. 자신의 할 일만 하고 떠나겠다는 느낌이 매우 강했다.

하기야 기린은 겉모습과 달리 탄생하고 1년이 지나질 않았다. 이 세계에 대해서도 궁금증이 많을 터. 그것을 억제하는 건 자신이 탄생할 때 중요한 역할을 했던 인간들의 염원 탓이다.

탐구자라.

기린과 딱 부합하는 모습이었지만 크리슬리는 반대했다.

"마스터에게 돌아갈 생각은? 엄밀히 말하자면 그대를 만든 건 우리의 마스터이십니다."

"나는 어느 곳에도 속박되지 아니합니다. 고마움을 느끼기는 하지만, 그와 나는 별개의 존재. 언젠가 내 도움이 필요할 때 한 번쯤 도움을 주기는 하겠으나 그대들의 주인은 이미 내 도움 따위 없어도 되는 강자이죠. 그보단 이 아름다운 세계에서 나는 내가 할 수 있을 일을 하고 싶네요."

타는 듯한 붉은색의 아름다운 머릿결을 찰랑이며 기린이 의지를 전했다.

기린의 자아는 강했다. 스스로 탐구자를 자처하며 진리에 다가가려는 성향이 있었다. 크리슬리도 더 말해봤자 통하지 않을 것임을 직감적으로 알아차렸다.

"……의식이 진행되는 동안 잠자코 있어주시길."

의식은 조용하고 엄중하게 치러져야 했다.

인간들도 가만히 있지는 않았다. 마수의 침략이 예견된 만큼 서둘러 준비를 시작했다.

"작은 길은 모두 막아! 큰 길로 유인한다."

"중앙 쉘터에 수용 가능한 인원을 넘어섰습니다. 사람이 너무 많아요!"

그중 김용우는 현장에서 직접 진두지휘를 하며 전략을 세우고 있었다. 스킬로 강화된 함정들을 설치하고 마수들을 유도하기 위한 길마저 만들었다.

하지만 모든 걸 다 대비할 수는 없었다.

김용우가 눈썹을 찌푸렸다.

'하루 이틀로 끝날 일이 아니다. 머물 장소가 없다는 건 큰일이지. 그렇다고 마수들이 쳐들어올 공간에 그대로 내버려 둘 수도 없고……'

장기전이 예상됐다. 적어도 한국의 마수들을 모두 소탕하기 전까진 안정을 취할 수 없으리라. 그런데 민간인들이 걸렸다. 그들을 안전한 장소에 수용해 둬야 하는데 공간이 부족했다. 요 근례에 워낙 많은 민간인이 유입되어 더욱 그러했다.

한숨을 내쉰 김용우가 외쳤다.

"굳이 건물 안이 아니라도 상관없어. 천막이든 판자때기든 뭐라도 들어갈 공간만 만들어! 어차피 마수는 한 마리도 중앙으로 들어가게 할 생각이 없으니까."

모두 외곽에서 막아낸다. 마수들은 한 마리도 안으로 들어가게 하지 않을 것이다. 김용우의 의지가 다른 각성자들에게도 전염되듯 퍼져 나갔다.

쿵!

그리고 그 순간.

쿵! 쿵!

육중한 체구의 무언가가 움직이는 소리가 들려왔다.

씨앗을 심은 지 얼마나 됐다고 벌써부터…….

콰르릉!

설치한 덫이 폭발하며 다시 한 번 광음을 냈다. 하지만 오우거 수 마리가 달려오는 소리는 줄어들지 않았다.

"젠장, 시작됐군. 전투준비!"

김용우가 입술을 꽉 깨물었다.

오우거 다섯 마리.

자이언트 웜 두 마리.

트롤 서른일곱 마리.

듀라한 열한 기.

뱀파이어와 전염된 구울들…….

기타 중급 마수 삼백여, 하급 마수 구백여 마리!

지난 삼 일 동안 쳐들어온 마수의 숫자였다.

그나마 다행이라면 작은 길 모두를 차단한 덕분에 큰 길에서만 전투가 일어났다는 점이다. 서울 시청을 중심으로 방어벽을 치고 동서남북 네 개의 길에서 마수들을 맞이했다. 적어도 시선 바깥에서 희생이 된 사람은 없었다.

그것 하나는 다행이었지만…… 마수들은 쉴 새 없이 나타났다. 시간이 지날수록 각성자들의 피해도 덩달아 커질 수밖에 없었다.

"정말 쉴 시간을 안 주는군요."

담비 길드의 길드 마스터 아린이 암담한 표정으로 말했다. 그녀의 반대편에서 오크 로드를 필두로 수백의 오크가 몰려오는 중이었다.

오크쯤은 넌덜머리가 날 만큼 경험을 해봐서 대처가 어렵지 않지만 3일간 한숨도 자지 못했다는 게 문제다. 그나마 각성자인 덕택에 버티고 있을 따름이었다.

"그러게 말입니다."

김용우도 한숨을 푹 내쉬었다.

네 개의 커다란 길. 그중 김용우와 아린이 맡은 곳은 서쪽이었다.

"다른 쪽에선 무선 들어온 거 없나요?"

"아직은……."

"그럼 준비하죠. 어느 한 곳도 뚫려선 안 돼요."

아린이 활을 들었다. 그녀는 최강의 궁수 중 하나로 이름을 날리고 있었다. 그녀가 쏘아낸 화살은 백발백중. 빗나가는 게 없었고 하나같이 치명상을 입혔다.

그에 비해 김용우는 능력치가 떨어지는 게 사실이었다. 하지만 특유의 리더십으로 길드원들을 적재적소에 배치하고 있었다.

피융─!

아린이 활시위를 놓았다. 세 개의 화살이 동시에 날아가 가장 앞에서 다가오던 세 마리 오크의 머리에 꽂혔다.

크르!

크르륵!

오크들이 광분하며 달려들었다. 동료의 죽음에도 아랑곳하지 않았다. 그야말로 죽음을 불사한 돌진!

그때 김용우가 가진 무선으로 통신이 들어왔다.

—동쪽에서 리치 출현! 교전 중! 도움을 요청한다!

—북쪽에서 다수의 용아병과 교전 중…… 크아악!

—남쪽! 강물을 타고 수백의 나가가……!

무선을 들은 이지혜가 지팡이를 꽉 부여잡고 말했다.

"길마, 이상해요. 지난 삼 일 동안 느낀 건데 뒤에 마수들을 지휘하는 자가 있는 것 같아요."

한 치의 쉴 틈도 주지 않고 모두가 지칠 때쯤 동시다발적인 공격을 감행한다. 확실히 마구잡이로 쳐들어왔다면 불가능한 일이다. 뒤에서 누군가가 전략을 짜고 마수들을 움직이고 있는 게 확실했다.

"망할!"

김용우는 이를 갈며 검을 꺼내 들었다.

오크들은 이미 지척에 다가왔다. 자기 코가 석 자인데 남을 구할 여력이 있을 리가 없다. 그나마 할 수 있는 일이라면 최대한 빨리 처리하고 합류하는 것뿐!

"헉, 헉, 헉……."

마지막 오크의 목을 따내고 김용우는 깊게 숨을 들이마셨다.

처음에는 500에 가깝던 각성자의 숫자도 어느덧 삼분의 일가량이 줄어 있었다.

김용우는 주변을 둘러보다가 즉시 무전기를 꺼냈다.

"여기는 서쪽. 천명회 길드 마스터 김용우다. 응답 바란다."

─남쪽. 나가 무리와 교전 중이다.

─동쪽. 리치를 몰아가는 중이다.

─…….

"북쪽, 대답하라. 북쪽!"

용아병과 교전 중이라던 북쪽에서 응답이 없었다. 김용우가 이맛살을 찌푸리자 아린이 다가왔다.

"무슨 일이죠?"

"아무래도 북쪽이 뚫린 것 같습니다. 바로 이동해야 합니다."

─중앙. 오리엔탈 길드 마스터 진우람이다. 북쪽에서 다수의 용아병과 데스 나이트, 트윈 헤드 오우거 등이 다가오는 걸 포착. ……도움을 요청한다.

말이 끝나기 무섭게 중앙에서의 무선이 도착했다.

김용우는 주먹을 강하게 쥐었다. 중앙에 배치된 각성자의 숫자가 제일 적다. 외부에서 모두 요격할 작정이었기에 그렇다. 기껏해야 200명 남짓이 있을 뿐이었다.

그러나 무전으로 들려온 마수의 이름은 결코 200명의 각성자로 막을 수준이 아니었다.

"망할!"

다시 한 번 욕지기를 꺼낸 김용우가 길드원들을 이끌고 재빠르게 이동했다.

시민들은 두려움에 몸을 떨었다. 북쪽에서 다가오는 마수들의 발자국 소리가 건물 안에 숨은 사람들에게도 적나라하게 들려왔기 때문이다.

쾅! 콰앙!

곧이어 교전이 벌어졌다.

세상이 무너지는 것처럼 곳곳에서 폭발이 일어났고 비명소리가 난립했다.

"오…… 주여."

사람들은 눈을 감은 채 연신 자신이 믿는 신을 불렀다.

하지만 희망고문과 같았다. 점점 폭발 소리는 줄어들고 각성자의 비명 소리가 적어지고 있었다.

말인즉, 패배가 가까워지고 있다는 뜻이다.

다른 쪽에서 도움이 오더라도 각성자나 마수에 비해 민간인은 무척이나 연약한 존재다. 도움이 오기 전에 수만, 수십만에 달하는 인간이 죽어 나갈 것이었다. 마수들이라면 눈

하나 깜짝 하지 않고 살육을 자행하리라.

어린아이, 노인 할 것 없이 모두 다 말이다.

시민들의 불안함이 극도로 치솟았다.

화아아아악!

모두가 암담한 심정으로 바깥을 내다본 바로 그때.

환한 빛이 하늘에 퍼져 나갔다.

이윽고 하늘에서 문이 열리며 두 명의 인간이 지상으로 내려왔다.

서쪽을 분담했던 천명회와 담비 길드가 중앙에 거의 도착했다. 멀리서 폭발 소리를 듣고 부리나케 달려왔지만 막상 가까이 다가가자 조용하기 그지없었다.

끝난 건가?

그렇다면 좋지 않은 쪽으로 끝났을 가능성이 높다. 고작 200여 명의 각성자로 그만한 마수를 막아낼 수 있을 리가 없었다.

"늦은 걸까요?"

"젠장, 조금 더 속도를 높입시다. 한 명이라도 더 살려야 합니다."

김용우는 입술을 깨물었다. 본래 사리사욕 많고 으스대길 좋아했지만 자리가 사람을 만든다는 말처럼 지난 몇 년간 조금은 달라진 그다. 진심으로 사람들의 무사함을 빌며 빠르게 치고나갔다.

이윽고 중앙에 완전히 도달한 김용우와 기타 길드원들 모두는 할 말을 잃을 수밖에 없었다.

우선 마수들의 시체가 주변에 즐비했다. 동료 각성자들도 싸늘한 주검이 되어 있었지만 그 숫자에 비해 마수가 압도적으로 많았다.

대체 어찌 된 일인가.

늦었다고 생각했다. 막지 못해야 정상이었다. 희망을 품고 있었다지만 현실은 그처럼 간단하지 않은 법이었다.

"천명회 길드 마스터 김용우다. 중앙은 응답하라."

―…….

혹시 몰라 무전을 넣어봤지만 조용했다.

아린은 마수의 시체가 잘린 단면을 살피다가 고개를 갸웃거렸다.

"대부분의 마수는 두 명에게 당했어요. 대체…… 누가?"

마수의 자상은 크게 두 가지로 나뉘어 있었다. 말인즉, 두 명이 거의 대부분의 마수를 처리했다는 뜻이었다.

김용우는 무겁게 입을 열었다.

"사람들이 모여 있는 장소가 멀지 않습니다. 가 보면 알겠죠."

민간인이 모여 있는 장소는 이곳에서 더욱 깊숙이 들어가야 한다.

무거운 분위기.

그 안에서 김용우와 아린이 빠르게 발을 놀렸다.

민간인들이 모여 있는 쉘터에 근접하면 할수록 시체가 줄었다. 간혹 절단되어 쓰러져 있는 마수들을 보아 오히려 도망을 가다가 사망한 기색이 역력했다.

마수가 도망을?

그야 없지는 않다. 마수들도 본능이 존재하고 죽음의 위기를 느끼면 발을 빼는 편이다. 한데 그것도 하급 마수까지다. 중급을 넘어가면 대체로 죽는 한이 있은들 물러나지 않는다. 아주 막강한 힘의 차이를 보여주지 않는 이상 말이다.

구세주가 그랬다. 처음에는 먹이로 착각하고 달려들었지만 이내 부리나케 마수들이 도망가곤 했다. 그럼에도 눈에 보이는 마수는 한 마리조차 살려두지 않아 사람들은 그 남자를 '구세주'라 부른 것이다.

그리고 지금 눈앞에 널린 시체들 중에는 중급 마수가 많았다. 상급의 마수도 간혹 포함되어 있었다.

'그만한 강자가 인간들 중에 있던가?'

구세주는 아니다. 그의 싸움은 화끈하고 간결하다. 굉장한 폭력이 가미되어 있으나 보는 입장에선 '시원하다' 할 정도의 무력을 선보인다.

반면 이 두 명은 그 정도는 되지 않았다. 약간 질척이는 싸움의 현장과 같았다. 그럼에도 엄청난 강자라는 점은 명확했다.

김용우는 고개를 갸웃하며 쉘터에 다다랐다. 이윽고 사람들이 한데 모여 있는 광경을 목격할 수 있었다.

"어……? 길드 마스터."

사람들의 중심에는 두 명의 익숙한 인영이 있었다.

유은혜와 에드워드!

그중 유은혜가 김용우를 발견하곤 어색하게 웃어 보였다.

'수련을 하고 오겠다'는 편지 한 장만 달랑 남겨놓고 떠났던 둘이 대략 이 주 만에 돌아왔다.

"이제라도 돌아와서 다행이다."

김용우는 긴장을 풀고는 한숨을 크게 내쉬었다. 시민들의 안전에 큰 문제가 생겼다면 어깨가 굉장히 무거웠을 것이다. 다행히 둘이 처리를 했기에 별다른 피해 없이 막을 수 있었다.

정작 둘의 출현을 궁금해하는 사람이 많았으나 가장 먼저 김용우가 둘을 구석진 장소에 끌고 갔다.

"그나저나 지금까지 어디에 있었던 거냐?"

"수련하고 온다고 했잖아요. 그런데 진짜 제가 편지 남기고 사라진 게 이 주일밖에 안 지났어요?"

유은혜는 살짝 피곤한 듯한 표정으로 입을 열었다. 김용우는 눈썹을 찌푸리며 고개를 끄덕였다.

"이 주일밖에? 밖에라니! 그동안 우리가 얼마나 힘들었는지 알아!"

하루에 세 시간이나 자면 많이 자는 것이었다. 아예 잠 못이루는 밤도 부지기수였다. 에드워드는 그다지 도움이 안 된다지만 유은혜가 있었다면 상황은 조금 달라졌을 터.

그게 못내 아쉬워 열변을 토했지만 유은혜는 반성하는 기색이 없었다.

도리어 당황스럽다는 듯 약간은 슬픈 얼굴로 말했다.

"시간 개념이 엄청 다르구나……."

"누나, 그래도 강해졌잖아요. 슬퍼 말아요."

에드워드의 외견은 변화가 없었지만 왜인지 정신적으로 성숙해진 모습이었다. 유은혜의 어깨를 토닥이며 에드워드가 위로했다. 예전이었다면 꿈도 못 꿨을 구도에 김용우는 재차 물었다.

"대체 어떻게 된 거냐? 어디에 있다가 온 거야?"

"수련의 방이라는 곳에 있었어요. 사람들이 '구세주'라고 부르는 남자…… 그가 강해지고 싶으면 가라고 해서요."

"뭐?"

이 무슨 얼토당토않은 소리인가.

하지만 에드워드가 잠자코 있는 걸 보아선 거짓 같지는 않았다.

이어진 유은혜의 말은 더욱 충격적이었다.

"믿기지 않겠지만 저는 그곳에서 1,000일이 넘도록 수련만 했어요. 방을 '클리어'하지 못하면 나갈 수 없다고 해서…… 필사적으로요."

"천 일? 그게 말이…….."

"저와 에드워드 둘이서 그 많던 마수를 처리한 건 말이 되고요?"

김용우가 눈을 질끈 감았다. 이야기를 따라갈 수가 없어서다.

하지만 유은혜의 말이 뒷받침되지 않는다면 이번 일이 설명이 되지 않는다. 두 사람이 강하다고 해도 기존에 보인 한계가 있었으니.

지금은 그 수련의 방이라는 곳을 통해 한계를 깼다는 것이다.

"이걸 사람들한테 곧이곧대로 말할 수는 없고 각색을 해야겠구만. 휴우~"

어쨌거나 이번 일로 인해 두 사람은 한국의 모든 사람에게 집중 조명을 받게 될 터였다.

유은혜가 고개를 갸웃하곤 물었다.

"그냥 그대로 말하면 되지 않나요?"

"뭐, 말이 안 되는 이야기도 구세주가 엮이면 말이 되게 만들어지겠지. 알아서 양념이랑 소금 쳐지고 그렇게 될 거야. 그러면 나도 간편해서 좋긴 한데. 젠장, 엄연히 너희의 공인데 구세주라는 작자가 더 조명을 받게 된다고. 나는 그게 싫다."

김용우는 구세주를 탐탁지 않게 여기는 듯싶었다. 유은혜는 이에 대해 가타부타 하지 않았다. 사람들이 믿고 따르는 신념은 모두가 다르기 때문이다.

"어련히 알아서 잘하시겠죠. 그럼 저 좀 쉬러 들어가도 되나요? 오랜만에 침대에서 자고 싶은데……."

"그래, 일단 오늘은 쉬고. 내일부터 바빠질 거야."

에드워드가 슬쩍 끼어들었다.

"제 것도 누나 옆에 마련해 주세요."

"미쳤냐? 남녀가 유별한데 어딜! 각방 써, 짜샤. 설령 방이 없더라도 만들어주마."

툭!

뒤통수를 후려친 김용우가 몸을 돌렸다. 대충 사정은 들었고 이제 이걸 각색해야 할 차례였다. 그러다가 잠시 자리에 멈춰 선 김용우가 유은혜에게 말했다.

"근데 그럼 지금 네 나이가 몇인 거냐? 설마 나보다 많지는 않겠지?"

"닥쳐욧."

그로부터 7일.

마수들의 공격이 멈췄다.

사람들은 환호했다. 가장 큰 공헌을 한 천명회의 이름을 널리 부르며.

특히 유은혜와 에드워드는 일약 대스타가 되었다. 안 그래도 유명했지만 이제는 한국에서 유명세로 따라올 이가 없을 정도였다.

심지어 각성자들 중에서도 최강자의 반열에 들었다. 상급의 레벨이 상당한 마수마저 홀로 사냥하는 모습에 각성자들도 둘을 따르게 되었다.

모두가 안심하며 다시 재건에 힘을 쓰기 시작했다.

그러나 모두가 마음을 놓을 찰나, 대규모 공습이 재개되었다.

Dungeon Hunter

"공작 마르틴이라……."

수정구를 살피며 나는 조용히 말했다.

대규모 공습으로 말미암아 수정구 안에선 선혈과 비명이 끊이질 않았다.

나는 일거수일투족을 로이와 로제, 크리슬리를 통해 인간들의 상황을 보고 받았고 이상함을 느끼며 조사에 착수했다.

그 결과 마수들을 움직이는 자가 있음을 확인할 수 있었다.

공작 마르틴!

나도 익히 아는 녀석이다.

'판데모니엄, 끝까지 귀찮게 구는군.'

바로 판데모니엄 휘하의 마족 중 하나였다. 아마도 이 일에는 판데모니엄이 개입했을 것이다. 놈의 허락 없이 마르틴이 독자적으로 한국을 노릴 수는 없었으니.

내 던전도 아니고 어째서 한국을 공략하는 걸까?

죽음과 생명의 나무. 눈치챌 가능성이 없지는 않았다. 하지만 이처럼 체계적으로 공격하고 들어오는 걸 보면 사전에 미리 준비하고 있었다는 방증이다.

'보복?'

기린과 한국의 각성자들은 판데모니엄 휘하 마족들의 빈 집을 턴 적이 있었다. 판데모니엄으로서는 어이가 없었을 것이다. 판데모니엄은 특히 인간들을 멸시하는 대공이었다.

그에 대한 보복도 충분히 생각할 수 있었다.

그러나 그는 이곳에 내 던전이 있다는 걸 안다. 물론 내가 인간들과 관계가 있다는 건 아직 모르는 것 같지만…….

여기서 나의 선택이 중요하다.

섣불리 나섰다가 관계를 들키면 마족들에게 좋은 구실만 주는 셈이다. 일단 나를 '배제'시키자는 구실을 말이다.

하지만, 공작 마르틴이 나섰다면 아직 인간들로서는 막는 게 역부족이다. 유은혜와 에드워드가 만족스러운 성장을 이루긴 했지만 공작급은 이야기가 다르다.

'지금의 공격도 모든 전력을 다한 게 아니다. 마치 탐색을 하는 것 같은 느낌이야.'

수정구를 다시금 들여다보며 턱을 쓸었다.

각성자들은 어찌저찌 마수의 공격을 막아내고 있었다.

쉽게 밀리지도, 밀지도 못하는 싸움이 계속되는 중이었다.

'단순한 보복일 가능성. 하나 공격하는 모양새를 보면 그것 또한 아닌 것 같고…… 무언가를 찾고 있는 건가?'

보복이었다면 단번에 쓸었을 것이다. 적당히 전력만 파악한 후 태풍처럼 휘몰아쳤으리라. 판데모니엄의 성격이 그랬다.

그러지 않고 있다는 건 다른 이유가 있다는 뜻일진대.

생명과 죽음의 나무는 아니었다. 시기가 맞지 않다.

'나도 살짝 간을 봐야겠군.'

그 이유가 심히 궁금하다.

짐작이 가지 않으니 찔러볼 수밖에.

"이히, 그리핀과 기간테스, 히드라를 부르고 출전을 준비해라. 오랜만에 외유를 하겠다."

"이히히히. 마스터, 이히도 가도 돼요?"

"……네가?"

미간을 좁혔다.

던전의 요정은 던전을 빠져나갈 수 없다는 게 정설이다.

여태껏 그런 의견을 내비친 적도 없기에 그런 줄 알고 있었는데 난데없이 함께 가자고 말한다.

내 표정을 본 이히가 추가 설명을 했다.

"원래는 안 되는 건데 이제는 될 것 같아요. 이히도 던전 바깥을 구경하고 싶어요!"

잠시 고민하는 시간을 가졌다.

이히가 바깥에 나감으로써 생기는 일들이 무엇이 있을까?

"내가 시킨 일 외에는 아무것도 하면 안 된다."

"이히히히. 당연하죠. 이히는 마스터의 말을 잘 들어요."

잘 듣던가?

반신반의이긴 했지만 의지는 확고해 보였다.

어떻게든 바깥을 구경하겠다는 듯 눈을 불태우고 있었다.

하여튼, 최상급의 마수들을 따로 움직일 자가 필요하긴 했다.

"준비하도록."

"네에~ 이히히히히히히히!"

이히가 덩실덩실 춤을 췄다.

Chapter 57

성녀

Dungeon Hunter

그리핀, 기간테스, 히드라…… 그리고 이히!

숫자는 적지만 격만큼은 남다른 네 존재가 던전을 나왔다.

특히 히드라의 몸집은 상상을 초월할 정도라 아주 먼 거리에서도 확연히 모습을 보일 수밖에 없었다.

아니, 실상 이히를 제외하면 숨기려야 숨길 수가 없는 조합이었다.

던전을 빠져나온 즉시 거대한 울림이 지상을 때렸다. 히드라가 지나가는 곳곳에는 거대한 자국이 남았으며 모든 지형물이 파괴되었고 그리핀은 하늘에서 오연히 자신의 모습을 드러내고 있었다.

쿵! 쿠웅!

보란 듯이 나와서 가장 먼저 서울특별시 주변을 어슬렁거렸다.

최상급의 격을 갖춘 마수 세 마리가 동시에 나서자 어떠한 마수들도 가까이 다가가지 못했으며 인간들조차 발을 동동 굴릴 수밖에 없었다.

"길마, 어떡하죠? 일단 전투태세 다 갖춰놓긴 했는데……."

유은혜가 작게 말했다. 지금 유은혜와 에드워드를 비롯한 천명회의 정예들이 특공대로 나와서 최상급 마수들의 뒤를 쫓는 중이었다. 가까이 다가가지도 못한 채 가만히 망만 보는 게 지금 그들에게 주어진 역할이었다.

다행히 지금까진 서울특별시 주변을 어슬렁거릴 뿐이지만 언제 돌변할지는 알 수가 없었다.

"……끔찍하군."

그러나 김용우는 대답하지 못했다. 세 존재가 뿜어내는 격을 김용우도 조금은 느낄 수 있었다. 특히 세 마수 중에서도 유독 커다란 아홉 개의 머리를 가진 마수가 눈에 걸렸다.

절대로 가까이 해서는 안 된다고, 쳐다보는 것조차 웬만하면 피하라는 본능적인 경고가 계속해서 머릿속을 울렸다.

"몬스터 웨이브일까요?"

아무리 강해진 유은혜여도 최상급의 마수를 혼자서 사냥할 수는 없다. 시간을 끄는 정도가 그녀가 할 수 있는 전부다.

김용우는 고개를 저었다.

"그건 아니야. 던전의 변화와 관계가 있는 것 같기도 한데……."

도무지 저의를 알기가 어려웠다. 저만한 마수들이 뭉쳐 다니는 것도 보통 일이 아니었고 저 셋이 무슨 짓을 저지를지도 짐작이 되질 않았다.

최대한 멀리 떨어져서 세 마수를 살폈다.

그러던 중 미처 대피하지 못한 오크 무리와 마주하게 되었다.

쾅! 쿠르르릉!

가장 먼저 달려든 건 기간테스다. 그 위에서 그리핀이 브레스를 쏘았다. 수십의 오크가 채 반응조차 하지 못하고 흐물흐물 녹아내렸다.

히드라는 공격도 하지 않았다. 그러나 기간테스나 그리핀보다 강하면 강했지 결코 약하진 않을 것이다.

단 한 차례 부딪히는 걸 봤을 뿐임에도 온몸에 전율이 돌았다.

이는 비단 김용우만 그런 게 아니었다. 정예 모두가 참담한 눈빛으로 '학살'을 지켜볼 뿐이었다.

"미친……."

굳이 두 번 볼 필요도 없다.

생각을 하기도 전에 김용우의 입이 먼저 움직였다.

"다른 팀들한테 전해. 절대로, 무슨 일이 있어도 건들지 말라고."

"이히히~"

이히는 신이 났다. 이곳은 자신이 살던 세계가 아니었고 던전 바깥을 빠져나와 지구를 경험하는 건 처음이었다.

이히에게 처음은 언제나 새롭고 설레는 경험이다. 모르는 것을 탐험할 때의, 미지의 것을 발견했을 때의 즐거움은 이루 말할 수가 없다.

지금 이히의 눈에는 모든 것이 그저 사랑스럽게만 보였다.

한참이나 히드라의 머리 위에 앉아서 지상을 내려다보던 이히가 대뜸 말했다.

"이 지구라는 곳에도 이히의 정원을 만들면 참 좋을 거 같아. 너희의 생각은 어떠니?"

그 밑에는 오크의 시체가 즐비했지만 이히는 전혀 신경 쓰지 않았다. 매일 보는 게 시체인데 이제 와서 감흥이 있을 리가.

"작은 요정! 혼난다! 주인에게!"

기간테스가 만류했다. 이미 이히의 차원이 다른 장난기가 얼마나 대단한지 숱하게 겪은 기간테스였다.

"뭐야, 지금 이히가 나쁜 짓이라도 하려고 한다는 거야?"

"할 거다! 꼭!"

"아닌데. 이히는 앞으로 착한 짓만 할 건데. 정원은……

음~ 맞아. 그거야, 그거."

"그게 뭐냐!"

"그걸 몰라? 이히히히. 너는 몸집만 컸지 바보구나? 이히도 아는 걸 어쩜 모를 수가 있을까~"

이히는 기간테스의 약을 올렸다.

사실 이히도 자기가 하고 싶은 말이 무엇인지 제대로 몰랐다. 그냥 기간테스의 반응이 재밌어서 골려먹을 따름이었다.

"작은 요정! 혼난다!"

이히는 아예 들은 척도 하지 않았다. 어떻게든 이곳에 자신의 거점을 마련하겠다는 절절한 의지를 나타냈다.

눈을 빛내며 이히가 작은 씨앗 몇 개를 움켜쥐었다.

이윽고 기간테스의 시선을 피해 몰래몰래 그 씨앗들을 바닥에 뿌리기 시작했다.

"이히히히히히."

나는 멀리서 마수들의 움직임을 지켜봤다.

'공작 마르틴. 지켜만 보고 있을 건가? 아니면…….'

삼 일 동안 이히에게 시켜서 마수들을 움직이게 만들었다. 외부의 마수들의 멸하며 정처 없이 떠돌아다니는 게 전부였지만 그 하나하나의 행동 모두가 마르틴의 눈과 귀로 들어가고 있을 것이었다.

'어디에 숨어 있느냐. 필시 목표가 있을 터. 움직임을 보

여라.'

그리고 나는 마르틴이 숨어 있을 공간의 탐색을 은근슬쩍 해나가고 있었다. 겉으로만 보면 던전 주변의 마수들을 청소하는 것쯤으로 보이겠지만 내 목적은 어디까지나 마르틴의 죽음이었다.

'마르틴은 확정된 미래를 볼 수 있지. 판데모니엄의 휘하 마족 중에선 가장 까다로운 놈이다. 이번 기회에 확실하게 죽여야 한다.'

미래를 본다는 사기적인 능력을 가지고 있지만 만능과는 거리가 멀다. 제한이 많고 불투명한 미래는 전혀 볼 수 없다.

그러나 자신의 '생명'과 관련되어선 귀신같이 알아차린다. 전생에서도 거의 최후까지 살아남은 마족 중 하나였으니 말이다.

한데 한참 마수들을 이용해 서울특별시를 공격하던 마르틴이 최상급의 마수들이 던전을 나서자마자 잠적했다.

그러나 자신이 있던 곳으로 돌아갔으리란 생각은 전혀 들지 않았다.

어딘가에 숨어서 기회를 엿보고 있으리라.

문제는 마르틴이 목표하는 바가 무엇이냐는 것.

쉬이 짐작이 가지 않아서 다음 움직임을 기다리고 있었다.

'저건?'

그러기를 며칠이 더 지났을까.

나는 무언가를 옮기는 일단의 고블린 무리를 발견했다.

옮기는 것은 살아 있는 몇 명의 인간 여자였다. 즉시 각성자임을 알아차렸다.

'각성자를 잡아서 무엇을 할 속셈이지?'

미간을 좁혔다. 한국의 각성자들이 타국의 각성자들에 비하여 월등한 성장을 이룬 건 사실이지만 굳이 잡아갈 이유가 없었다.

포인트를 수확할 속셈이라면 그냥 시원하게 각성자들을 쓸어버리는 편이 낫다. 각성자가 유전인 것도 아니니 굳이 납치를 해가며 죽일 필요가 없었다.

그것도 여자만.

단순한 욕정이라면 각성자들만 고를 이유도 없었다.

'뭔가가 있군.'

강렬한 예감이 들었다.

나는 천천히 고블린의 뒤를 조용히 따랐다. 과격한 움직임을 보이면 마르틴이 아예 잠적을 탈 수도 있으니 조심스럽게 행동할 필요가 있었다.

산속의 동굴 안.

리치 한 구가 고블린에게 잡혀온 여인들을 살폈다.

"쯧, 이 구릿빛 피부를 가진 여자들은 도무지 나이를 쉽게 판별할 수가 없군."

리치의 흉흉한 안광이 여인들을 훑었다.

총 여덟 명의 여인은 몸을 부들부들 떨며 겁을 먹은 채 최대한 그 시선을 피했다.

살려 달라고 말이라도 하고 싶었지만 주변의 환경을 보자면 자연스럽게 입이 닫힌다. 수십, 어쩌면 백을 넘길 것 같은 숫자의 여인이 발가벗겨진 채 사방에 널려 있었다. 그리고 그녀들은 피를 모두 뽑히기라도 한 듯 창백한 모습으로 죽어 있었다.

아직 죽지 않은 이들도 있었지만 모두 창살 안에 갇혀 있었다. 그들은 실성을 했는지 눈이 뒤집힌 채 마수들의 노리개로 이용되는 중이었다. 머지않아 죽을 것이란 사실은 명백했다.

"흐으으……."

"제, 제발, 살려주세요."

보다 못한 여인들이 눈물을 와락 쏟았다.

저런 꼴로 죽을 수는 없었다. 아무리 각성자라지만 자신의 생명은 소중한 법이었고, 하물며 최후가 저런 모습이라면 비참하기 그지없었다.

그러자 리치가 냉소를 지었다.

"클클, 걱정 마라. '적합자'로 판명되면 누구보다 극진하게 대해주마. 그 전에 먼저 확인부터 하겠다. 솔직하게 답해야할 것이다. 20대인 인간은 손을 들어라."

눈치를 보며 여섯 명이 손을 들었다.

리치가 고개를 끄덕였다.

"이번엔 고블린들이 제대로 데려왔군."

손을 들지 않은 두 여인에게 리치가 손가락을 뻗었다.

촤악!

잠시 후 두 여인의 목이 날아갔다.

그야말로 눈 깜빡할 사이에 일어난 일이었다.

"……!"

여인들은 또다시 굳고 말았다. 비명은 안 지른 게 아니라 못 지른 것이다. 각성자가 되며 지능 수치가 높아진 탓에 정신력도 강해졌지만 죽음과 마주하자 모든 게 부질없었다. 실제로 실금을 한 여인마저 있을 수준이다.

"20대가 아니면 필요가 없다. 자, 나머지는 20대가 맞겠지?"

적막이 감돌았다.

리치는 그게 마음에 안 든다는 손가락을 옮겼다.

"대답이 없군. 쯧쯧."

"마, 맞아요."

"스물…… 셋이에요."

살아남은 여섯의 여인이 이구동성으로 답했다.

그제야 리치는 다음 단계를 밟아 나갔다.

책상 위에 놓인 하얀색의 점액 같은 것이 들어 있는 작은 물병을 손에 들며 한 차례 흔들어 보였다.

"지금부터 이 물약을 너희에게 먹일 것이다. 적합자라면 몸 어딘가에 표시가 나타날 테고 적합자가 아니라면 저기 보이는 여자들처럼 이지를 상실하게 될 것이다."

이지를 상실한 채 마수들의 노리개가 되고 있는 여인들. 두꺼운 칼로 살점을 조금씩 도려내는 놀과 차마 입에 담기도 수치스러운 짓을 일삼는 오크들도 있었다. 그런데도 당하는 여인들은 비명 하나 내지 못하며 조금씩 죽어갔다.

그녀들은 이곳이 지옥이라고 생각했다. 사람들을 구하고자 마수들을 막다가 끝내 이런 종착역에 도달한 것이다.

"마셔라."

리치가 억지로 약병을 앞선 여인의 입에 들이댔다.

여인은 최대한 입을 오므리며 마시지 않으려고 저항했지만 리치의 손이 억지로 입안을 파고들자 마시지 않을 수가 없었다.

"컥! 커어억!"

입에 물약이 들어간 즉시 여인이 몸을 기괴한 방향으로 틀어댔다. 바닥에 몸을 내리깔고 마구 문대다가 대략 30초쯤이 지나자 입을 헤 벌린 채 눈알을 뒤집어버렸다.

"적합자가 아니로군. 뭐, 그래도 아직 다섯이나 남았으니 희망을 놓긴 그르지."

"대, 대체 그 적합자라는 게 뭐죠?"

그 광경을 지켜본 여인 중 하나가 겨우 입을 열었다.

리치는 흥이 나는지 잠시 행동을 멈추고 대답했다.

"공작 마르틴 님은 미래를 볼 수 있노라. 그리고 이 좁은 땅덩어리에서 '성녀'가 태어나리라 예언하셨다. 나는 너희가 그 '성녀'인지 알아보고 있는 거지. 답이 되었나?"

"서, 성녀가……."

"클클클. 과연 이 지구에서 탄생하는 성녀가 내가 있던 곳의 성녀만큼이나 강력한 존재일지는 두고 봐야겠지만 마르틴님의 예언이니 결코 틀릴 리가 없다."

리치는 다시금 약이 든 물병을 흔들었다.

동시에 여인들은 암울하기 짝이 없는 표정으로 입술을 꽉 깨물었다.

'성녀라. 그랬군.'

나는 어둠 속에 숨어서 리치의 이야기를 전부 듣고 있었다.

대체 무슨 의도로 인간들을 그토록 집요하게 공격하는지가 궁금했는데 이제 보니 명확한 이유가 있었던 것이다.

성녀. 성스러운 여인. 마족과는 완전 반대편에 놓인 이.

당연히 까다로울 수밖에 없다. 성녀는 어지간한 천사보다 강력한 신성력을 사용한다.

그런 존재가 대한민국에서 나타나게 될 줄이야.

하지만 시기가 묘하다.

생명과 죽음의 나무로 말미암아 탄생하게 되는 건가?

그렇다면 아직 성녀는 나타나지 않았을 가능성이 높았다.

'판데모니엄보단 마르틴이 독자적으로 움직이는 것일 수도 있겠어.'

한정적이긴 하지만, 미래를 볼 수 있는 마르틴은 사전에 제거하는 게 옳다. 먼 미래를 보는 건 불가능하다고 알지만 당장 내 추격을 피할 정도는 되었다.

'내가 추격하고 있다는 사실은 모르고 있을 거다.'

알았다면 모든 활동을 멈췄을 것이다. 의심은 하였으나 확신은 못했다는 뜻. 확실히 마르틴의 능력에는 한계가 많았다.

그저 '위험'을 감지한 수준이겠지.

나는 잠시 고민했다. 저 리치를 잡고 더 뒤를 잡아볼 것이냐, 이대로 방치하느냐의 기로에 서 있었다.

'목표를 알았으니 내가 먼저 찾으면 그만이다.'

성녀를 알아볼 수 있는 물약은 탐이 나긴 했지만 섣불리 건드려서 거점을 없애면 마르틴은 다시 잠수를 타게 된다.

내 추격을 알아차리고 돌아가면 그때는 또 힘겨운 싸움을 해야만 했다. 차라리 내가 있는 곳에 왔을 때, 확실한 기회를 노려서 잡는 게 최선이었다.

'거점이 이곳 하나는 아닐 터. 거점들을 감시하고 움직임

을 파악한다. 성녀를 찾은 뒤 달려드는 마르틴을 잡는다.'

나는 고개를 주억이며 자리를 벗어났다.

전생에서도 '성녀'라 불리는 인간 각성자는 많았다. 그들은 불특정 조건에서 각성했으며, 심지어 각성자인 상태에서 다시 한 번 각성한 사례마저 있었다. 요컨대 언제, 어디서 나타날지 모른다는 말이다.

그리고 성녀라 불린 각성자들은 하나같이 강했다. 성스러운 힘을 사용하며 마수와 마족들을 몰아내는 그들의 힘에 매료된 인간들은 하나같이 성녀를 따랐다.

물론 혹자는 이렇게 물을 수도 있다.

성녀가 성스러운 힘을 사용하는 존재라면 천사, 천계와도 연관이 있지 않겠느냐고.

실제로 지구에 하강한 천사들은 성녀와 동맹 관계 비슷한 것을 맺기도 하였으니 그렇게 생각하는 것도 타당하지만, 마족들이 잠정적으로 내린 결론은 본질이 다르다는 것이었다.

믿고 따르는 신이 다르다. 성녀는 지구에서 파생되었고 천계는 전혀 다른 차원의 장소에 있었다. 하지만 어느 '신'이 개입했는지는 아무도 알아내지 못했다. 그저 '태초부터 존재한 지구의 누군가가 손을 써서 성녀가 탄생했다' 정도만 추측할 따름이었다.

'나는 마족들이 몰랐던 사실을 알고 있지.'

늦은 저녁. 나는 서울특별시의 가장 높은 건물 위에서 느긋하게 아래를 내려다보는 중이었다. 대부분의 인간이 모여 있는 이곳 어딘가에서 성녀가 탄생할 게 분명하다고 판단했기 때문이다.

가만히 턱을 쓸었다.

'지구의 신은 모두 던전에 봉인되어 있다는 사실. 어쩌면…… 던전의 파괴와 성녀의 출현은 관계가 있을지도 모른다.'

성녀는 신의 부름을 받은 여인을 지칭한다. 천신이 아니라면 지구의 신밖에 없었고 지구의 신은 모두 던전에 봉인되어 있었다.

확실히 전생에서도 그랬지만 성녀의 출현은 던전이 파괴된 다음이었다. 현생은 내가 던전의 파괴를 앞당겨서 성녀의 출현도 빨라질 수 있었다. 물론 거기에 특정한 조건이 더 붙어야 한다는 게 정설이었고.

시기의 차이가 있는 건 그 탓이다.

그리고…… 징조는 있다.

성녀는 반드시 '무기', 혹은 '신수'와 함께 나타난다는 것.

'마르틴은 성녀를 이용해 무언가를 계획하고 있다.'

처음에는 판데모니엄의 지시로 움직인 줄 알았다. 하지만 반응을 보아하니 마르틴이 거의 독자적으로 움직이는 듯싶었다.

성녀를 노리고 있다는 사실은 알아냈지만 정작 성녀로 무엇을 할지는 감이 잡히지 않았다. 이지를 상실시켜 자신만의 인형으로 만들 속셈일까?

"수, 숲이다! 북쪽에 숲이 생겼다!"

"그게 무슨 소리야? 숲이라니?"

"허허벌판이던 장소가 숲이 됐다고!"

돌연 인간들이 소란스러워졌다. 외부에서 정찰을 돌고 온 인간이 호들갑을 떨며 열변을 토한 덕분인데, 이에 의아해하며 시선을 북으로 돌려 시야에 집중했다. 곧 시야가 넓어지며 북쪽에 생성된 거대한 숲을 발견할 수 있었다.

'뭐지?'

나도 조금 의아할 수밖에 없었다. 아직 생명과 죽음의 나무는 한창 자라고 있는 중이다. 숲을 만들어낼 힘은 없었다. 내가 따로 지시한 적도 없으니 다른 영향을 받았다는 뜻.

"어쩌지? 일단 보고를 할까?"

"저 말이 사실이라면 따로 정찰대를 꾸려야 할 것 같은데……."

"조심해. 사방이 다 벌이야. 킹비도 돌아다니고 있다구. 급은 낮아도 숫자가 장난이 아니야."

이야기를 듣고는 고개를 끄덕였다.

숲이 생겼고 거기에 벌 떼밖에 없다면 범인이 짐작되었다.

'이히.'

정원과 벌에 광적인 집착을 보이는 게 이히 말고는 전혀 떠오르지 않았다. 거의 99.9% 이상의 확률로 이히가 범인일 터였다.

문제는 어떻게 던전 외부에 숲을 만들었냐는 거다.

'격이 높아지며 이제 던전 외부에도 지형을 설정할 수 있게 된 건가?'

이 부분은 확실하지 않았다. 세계수를 틔운 것도 아닌데 광활한 숲이 생겨났으니 이와 비슷한 것이리라 예상만 할 뿐이었다.

'그래…… 이걸 징조로써 이용해 봐야겠군.'

불현듯 떠오른 아이디어 하나.

이히의 이런 의외성은 독이 되기도 하지만 사용하기에 따라서 득이 될 수도 있었다. 그저 숲이 생긴 게 전부이지만 나는 이걸 징조로서 이용하자고 마음먹었다.

내게 느닷없다면 마르틴에게도 느닷없는 일일 것이다. 이히의 즉흥적이고 즉각적인 행위를 마르틴이 읽을 수 있을 리가 없었다.

하여 이 갑작스럽게 생겨난 숲에 그럴싸한 무기가 놓이게 된다면 어떨까?

아마도 마르틴은 '숲에 특이한 무기가 생겨났다'는 정도만 읽게 될 것이었다. 놈의 능력은 만능처럼 보여도 이처럼 애매모호한 점이 많았다.

그리고 즉시 마수들을 파견해 주변을 감시하기 시작하리라. 어쩌면 마르틴 본인의 위치가 발각될 가능성도 없지 않았다.

'최대한 조용히 처리해 주마.'

계획을 세우곤 만족스럽게 미소 지었다.

각성자들은 12인이 한 조로 팀을 이뤄 숲을 탐사하기 시작했다. 총 다섯 개의 조가 투입되었으며 이들의 임무는 숲이 생겨난 원인과 위험도를 측정하는 일이었다.

"으슬으슬하네요."

에드워드가 중얼거렸다.

밝은 낮에 왔음에도 숲 안은 어두웠다. 높은 나무가 우거져서 빛이 들어올 틈새가 거의 없었다.

"젠장, 이만한 숲이 갑자기 생겨날 수가 있는 건가?"

김용우는 이제 지긋지긋하다는 표정으로 죽을 듯이 내뱉었다.

한 치 앞을 내다볼 수 없는 게 세상사라지만 그동안 상상을 초월하는 일들을 연달아 겪어서인지 김용우의 얼굴에는 만성피로가 함께하고 있었다.

적응은커녕 겪을 때마다 새롭고 지옥 같은 게 사실인지라 이제는 조금 쉬고 싶다는 게 김용우의 솔직한 마음이었다.

"그러니까 조사해 봐야죠. 길마. 차라리 피크닉 왔다고 편하게 생각하는 게 어때요?"

이지혜가 입술을 쭉 내밀었다. 김용우의 무리한 일정을 모르는 그녀가 아니지만 그것이 길드 마스터의 숙명이니 어쩔 수가 없었다.

"위로는 못할망정…… 에휴. 제발 이번에는 조용히 넘어가자, 조용히. 싸움은 지긋지긋하다."

"길마가 이런 상태여서야 다른 길드원들이 본받을 수 있겠어요?"

"아서. 너희들 나 없어도 알아서 다 잘하잖아."

김용우가 씁쓸히 읊조렸다. 그리고 맞는 말이기도 하였다.

천명회는 다른 길드에 비해 일이 많았고 덕택에 길드원 하나하나가 나름 성숙해질 수 있었다. 자기가 벌인 일의 뒤처리를 스스로 해결할 정도는 되었다.

길드 마스터 중심으로 모여 있는 다른 길드에 비하여 특화된 점이지만 정작 길드 마스터의 입장에선 이걸 좋아해야 할지 나빠해야 할지 알 수가 없는 게 사실이었다.

"길마, 삐쳤어요?"

"뭐, 인마? 이게 진짜 놀러온 줄 아나. 조용하고 주변 경계나 철저히 해."

그래도 길드 마스터로서의 자각을 완전히 놓은 건 아니었다. 김용우가 면박을 주자 이지혜가 피식 웃으며 고개를 끄덕였다.

"둘이 잘 어울리네요."

"그렇지?"

에드워드가 말하고 유은혜가 동의했다.

"뭐가 어쩌고 어째? 끔찍한 소리 그만해라."

"은혜야, 뚫린 입이라고 못 하는 말이 없구나?"

즉각 반응이 나왔다. 김용우와 이지혜가 두 사람을 죽일 듯이 노려봤다.

유은혜는 슬쩍 시선을 피하며 작게 말했다.

"정말 잘 어울리는데……."

중얼거림을 무시한 채 탐사가 재개되었다. 하지만 벌써 한 시간 이상을 들어왔는데 정작 발견된 건 거의 없었다. 기껏 해야 킹비 무리와 꿀을 따는 벌들을 발견한 게 전부다.

긴장도 반쯤은 풀려 버렸다. 딱히 위협이 될 만한 마수는 없었다. 도리어 이곳의 생태계에 인간들이 더욱 위협이 될 수준이었다.

그렇게 30분가량을 더 들어갔을 때였다.

"멈춰요."

유은혜가 앞서 나가며 일행들을 제지했다. 잔뜩 긴장한 눈 초리로 저 너머를 바라보고 있었다.

"무슨 일이야?"

김용우가 최대한 조심스럽게 묻자 유은혜가 말했다.

"앞에 뭔가가 있어요. 굉장히 위험한 느낌이 들어요."

"아직 우리를 눈치채지 못했어요. 먼저 치죠."

에드워드가 덧붙였다.

스릉.

검을 꺼내 들고는 상당히 호기로운 분위기를 발산했다. 위험한 느낌이 들었지만 동시에 투쟁심도 생긴 모양. 수련의 방을 다녀온 뒤로 에드워드는 상당한 전사의 티를 내게 되었다.

"에드워드와 제가 다가가 보는 게 낫겠어요. 나머지는 여기서 대기해 주세요. 다른 팀에 무전 넣는 거 잊지 말고요."

유은혜가 몸을 낮췄다.

임무 중에는 숲의 위험도를 체크하는 것도 있었다. 자신에게 이런 느낌을 주는 게 무엇인지 확인은 해야 좀 더 정확한 판단을 할 수 있었다.

"알았다."

김용우가 입술을 꾹 깨물었다.

다른 각성자들도 강하지만 저 둘은 그중에서도 독보적이다. 같이 움직이다가 걸림돌이 될 바에는 뒤에서 서포트를 하는 게 올바른 선택이었다.

이윽고 유은혜와 에드워드가 몸을 감췄다. 특유의 신속한 움직임으로 순식간에 시야에서 사라진 것이다.

"뭐가 뭔지……."

김용우가 한숨을 내쉬며 무전을 꺼내 들었다.

최대한 이 주변에 자극을 주지 않도록 경고는 해야 했으니 말이다.

그로부터 3분여.

절대로 길다고는 할 수 없는 시간.

쾅!

폭발 소리가 가장 먼저 김용우와 일행들을 반겼다.

콰르릉!

땅이 흔들렸고 나무들이 겁에 질려 떨었다.

"……실패한 건가?"

정말로 싸우려고 들지는 않았을 것이다.

말인즉, 살펴만 보려는 게 걸렸고 전투 상황으로 이어졌다는 의미인데.

"전투준비. 유은혜, 에드워드와 합류한다."

김용우를 포함한 10명의 길드원 전부가 침을 꼴깍 삼켰다.

폭음과 진동하는 마력의 파장. 각성자라면 눈치채지 못할 리가 없다.

새로이 등장한 적은 강했다.

하지만 그렇다고 유은혜와 에드워드를 놓고 갈 수는 없었다.

이후 10명의 각성자가 발 빠르게 움직이기 시작했다.

하나, 채 수십 걸음을 걷기도 전에 그들은 멈춰 설 수밖에 없었다.

"피해요!!"

수아악!

콰아앙!

김용우의 뺨을 스치며 지나간 빛의 창.

땅에 박힌 즉시 폭발을 일으키며 환한 빛을 사방에 퍼뜨렸다.

잠시 눈을 감고 다시 뜨자 부리나케 도망가는 유은혜와 에드워드가 보였다.

그리고 그 뒤를 다수의 천사가 따르고 있었다.

특히 그중 하나는 무척이나 특이한 느낌을 가져다주었다.

작은 아기천사. 아직 젖도 못 뗀 듯 보이는, 네 쌍의 자기 몸집보다 커다란 날개를 지닌 천사가 다른 천사의 품에 조심스럽게 안겨서 이쪽을 주시하고 있었던 탓이다.

"천사? 천사가 왜……?"

"뭘 멍하니 있어요!!"

김용우의 중얼거림이 끝난 즉시 그 옆으로 유은혜가 지나갔다.

"길마!"

"아, 알았어. 알았다고!"

이지혜가 부르고 나서야 정신을 차린 김용우는 등을 돌리며 외쳤다.

"퇴각! 전속력으로 달려!"

"헉, 헉, 헉……."

"케헥! 죽겠다……."

숲을 빠져나온 일행들은 거친 숨을 몰아쉬었다.

천사들은 일행이 숲을 빠져나온 즉시 추격을 멈췄다.

마치 숲 안에서만 행동할 수 있다는 듯이.

"대, 대체, 헉, 헉, 어떻게 된 거냐?"

김용우가 이마의 땀을 쓸며 물었다.

도망치는 와중에는 차마 물을 수가 없었지만 천사들이 사라진 지금은 묻지 않을 수가 없었다.

그제야 유은혜가 침착한 태도로 답했다.

"바위에 꽂혀 있는 검을 봤어요. 아무래도 천사들은 그 검을 지키고 있는 것 같더군요."

"뭐? 검이 바위에 꽂혀 있다고?"

"예, 굉장히…… 성스러운 느낌이 드는 검이었어요."

굉장히 의미심장한 말이었다.

그렇다면 이 숲과 천사들이 그 검으로 말미암아 나타났다는 건가?

김용우는 최대한 말을 아꼈다. 이 정보는 모두와 토의를 해봐야 할 사안이었다.

그리고 머지않아 숲 안에서 성스러운 검이 발견되었다는

이야기가 인간들 사이에 파다하게 퍼져 나갔다.

공작 마르틴.

그는 항시 눈과 귀를 열어두고 있었다.

은신성이 좋은 마수나 곤충 등을 이용해 인간들의 이야기를 엿들었다.

'성녀의 힘은 나를 완전하게 해주리라.'

예지를 한 건 오래전 일이 아니었다. 불과 한 달도 안 된 일. 그러나 이 한국이란 나라에서 성녀가 나타나리라는 건 확실했다.

문제는 정확한 시기와 장소를 알 수가 없다는 것.

심지어 성녀가 어떻게 생겼는지조차 몰랐다. 20대의 여인이라는 게 마르틴이 예지한 예견의 전부였다.

이처럼 그의 능력은 불완전하기 짝이 없었다. 미래를 보는 게 가능하다는 희대의 능력을 가졌지만 정작 파악할 수 있는 건 굉장히 한정되어 있었다.

그는 항상 그게 불만이었고, 완전한 예지를 가능하게 하려면 신의 정혈이 필요했다.

'신의 정혈. 신에게 축복받은 성녀라면 충분히 가능할 터.'

완전한 예지라.

상상만으로도 몸이 달아오른다.

공작의 직위에 있지만 마르틴은 야심가였다.

판데모니엄의 능력에 반해 그 밑으로 들어가긴 하였지만 자신의 힘이 더욱 강해진다면 미련 없이 버릴 수도 있었다.

도리어 자신이 대공이 되는 것도 아예 생각하지 않은 건 아니다.

그러기 위해서 그는 예지를 한 즉시 독단적으로 움직이기 시작했다. 남아 있는 마수들의 주도권을 가져와 조종하는 것도 마르틴에겐 어렵지 않은 일이었다.

깊은 땅굴 안에서 수정구를 바라보며 마르틴이 지팡이를 놀렸다.

"숲이 생기고 징조가 나타났다."

성녀의 출현을 알리는 징조!

없던 숲이 생겨나고 그곳에 성스러운 검이 발견되었다.

인간들을 통해서 들은 이야기지만 천사들이 지키고 있다면 분명히 '징조'에 가까웠다.

성녀의 출현이 임박했다는 뜻.

아직까진 발견되지 않았지만 조만간 이룩할 수 있을 것이다.

한데…….

'불길한 느낌을 지울 수가 없군.'

무언가가 걸렸다. 그게 무엇인지를 몰라서 답답했다.

'아직 확정되진 않았다. 내 죽음과 관련이 있다면 내가 예견하지 못할 리가 없지.'

애써 고개를 저었다. 아무리 불확실한 능력이라도 스스로
와 관계된다면 조금 더 앞서 나간 예지를 하는 게 가능하다.
말인즉, 적어도 자신이 죽을 일은 없다는 것.

'인과율을 벗어난 존재라면 몰라도. 그런 존재가 이 지구
에 있을 리가.'

불안함을 지우자 헛웃음이 나왔다.

인과율이란 쉽게 엎을 수 있는 그런 종류의 것이 아니었
다. 그리고 그것을 엎을 수 있는 이는 대부분이 '신'이라고 불
렸다.

"성검의 위치를 확실하게 파악해라. 내가 직접 나서겠다."

모든 마수에게 명했다.

어차피 내친김이었다.

마르틴은 좀 더 적극적인 공세를 다짐했다.

마수들의 움직임이 미묘하게 달라졌다.

곳곳에 퍼져 있던 마수들이 숲으로 이동하기 시작한 것
이다.

'낚였군.'

가만히 미소 지었다. 대규모 마수를 움직일 수 있는 자.

마르틴이었다.

필시 성검을 먼저 확보하려는 셈일 거다.

성스러운 무기는 성녀를 대변하므로. 당연히 성검은 성녀

를 끌어들이는 힘을 지녔다.

'진짜 성검은 아니지만…… 미끼로는 충분했어.'

업적 상점에서 2천 점을 내어주고 구매한 무기, '라이팅 소드(Epic)'였다. 에픽 등급치고는 썩 좋은 옵션은 없었지만 성검의 흉내를 내기엔 더없이 적합하다고 판단한 것이다.

'바로 움직일 줄이야. 역시 인간들도 살피고 있었다는 건가?'

마르틴은 조심스러웠다. 눈과 귀가 곳곳에 깔려 있다는 건 눈치챘지만 모두 다 발견하기는 힘들었다. 그리고 예상처럼 인간들도 감청하고 있었던 것이었다.

인간들을 끌어들여 소문을 퍼뜨린 게 효과가 좋았다. 모두 계획한 대로다.

이제 남은 건…….

'성검을 갖지 못하게 방해하며 성녀를 찾는 것.'

마르틴이 마수들을 이끌고 움직이긴 하겠지만 표면에 드러나진 않을 터였다. 뒤에서 움직이며 위험할 때 바로 발을 빼리라.

물론 그래도 내가 마르틴을 잡을 가능성은 반이었다. 일단 숨어 있는 장소에서 나온 이상 나도 마음먹기에 따라 파악하는 게 가능한 덕이다. 하지만 놓칠 가능성 역시 반이었다.

나는 보다 확실하게 마르틴을 잡고 싶었다.

그러기 위해선 성녀라는 카드를 가지고 있어야만 했다.

성검은 마르틴의 애를 태우는 용도로 사용하면 족했다.

'한국의 성녀라…… 한 명이 있긴 했지.'

나는 전생의 기억을 되돌아보았다.

이름을 날린 성녀는 제법 있었지만 한국의 성녀는 그다지 이름을 날리지 못했던 것으로 기억한다. 분명히 한 명이 있긴 있었고 각성의 시기도 한참 늦었지만…….

'김유라.'

고개를 주억였다.

시기가 다르대도 성녀의 자질이 있는 여자가 달리 또 있을 것 같지는 않았다.

김유라. 한국의 성녀가 될 여자의 이름이었다.

'나이가…… 지금쯤이면 십 대 중반 정도이겠군.'

대충 특색을 기억해 내곤 즉시 움직였다.

오랜만에 로이와 로제를 만날 차례였다.

늦은 저녁.

어스름한 보름달 아래에서 쏜살같이 움직였다.

바람을 타고 이동하며 미약하게 마력을 개방했다.

"나의 던전 마스터시여."

"크리슬리, 잘 지냈나?"

가장 높은 건물의 옥상.

그곳에서 입꼬리를 말아 올리곤 말했다. 내 앞에 나타난 크리슬리는 얼굴을 가린 베일을 풀고 앞으로 다가와 무릎을 꿇었다.

"제가 맡은 일은 그다지 어려운 게 아닙니다. 로이가 믿음 직해진 것과 별개로 로제가 조금 말썽꾸러기이긴 하지만요."

크리슬리도 가벼운 표정을 지어 보였다.

크라스라가 죽은 이후 서글픈 얼굴을 자주 보였으나 이제 는 상당히 극복한 모습이었다. 로이와 로제가 마음의 상처를 치유하는 데 도움을 준 것 같았다.

"로이와 로제는?"

"자고 있습니다. 깨울까요?"

"굳이 깨울 필요는 없겠지. 너와…… 기린에게 말해놓으 면 충분한 일이니."

슬쩍 시선을 돌렸다. 공간이 일렁이며 기린이 그 자리에 나타났다.

이마에 돋은 뿔과 엉덩이 쪽에 난 아홉 개의 기다란 꼬리 가 그녀의 특색이었다. 기다란 머리를 찰랑이며 기린은 무표 정하기 짝이 없는 얼굴로 나를 바라보고 있었다.

"오랜만이군요."

"능력의 활용이 조금 더 능수능란해진 것 같군."

"결계를 이용해 공간과 공간을 엮었어요."

"호오, 그런 게 가능한가?"

"가능했으니까 한 번에 왔겠죠. 그보다 무슨 일이죠? 처음을 제외하면 한 번 모습을 안 보이시던 분이."

말투에 가시가 돋았다.

하기야 나는 기린에게 적의 던전이 어디에 있는지만 알려 주고 방치했다.

이후 겪었을 풍파는 제법 거셌을 것이다.

창조된 지 얼마 지나지도 않았으니 문제가 빗발쳤으리라.

"사람을 찾아줘야겠다. 이름은 김유라. 십 대 중반에서 후반 사이. 여자다."

그러나 개의치 않았다.

기린도 딱히 기대는 안 했다는 듯 고개만 갸웃했다.

"누구죠? 그대가 찾는다면 평범한 인간은 아니겠군요?"

"신경 쓰지 마라. 너와 인간에게 해가 되진 않을 것이다."

"그럼 마족에게 해가 된다는 거군요. 혹시 그대를 위협할 인간인가요? 그래서 싹을 자르려고?"

"비슷하지만 아니군. 나를 위협할 수 있는 인간은 없다."

마족도 개인으로서 나를 위협할 존재는 극소수였다. 내가 견제하는 건 연합이지 그 하나하나가 아니었으니 말이다.

기린도 딱히 할 말은 없는 듯싶었다. 은연중 그러리라고 생각한 것이겠지.

몸을 돌렸다.

"은밀하게 움직여라. 소문이 나서는 안 된다. 찾으면 조용히 내게 끌고 오도록."

어디까지나 물밑에서 이루어져야 했다.

그렇게 마르틴을 잡을 덫이 하나둘 만들어져 나가고 있었다.

아기 천사의 이름은 하쉬.

타쉬말이 직접 관리하며 얼마 전 알을 깨고 나온 상위계, 그중에서도 지천사급의 존재였다.

나는 이번 일에 하쉬를 투입했다. 천사의 성장은 굉장히 빨라서 벌써 주변을 인식할 정도는 되었고 나는 하쉬에게 나름의 영재교육을 시키려고 작정하고 있었다.

작은 빛의 창 몇 개를 날리는 게 전부지만 전투가 일어나는 현황을 살피는 것만으로도 성장을 도모할 수 있었다. 물론 타쉬말은 반대했지만 하쉬를 제외하면 딱히 '징조'로서 사용할 천사가 한정적이어서 어쩔 도리가 없었다.

타쉬말은 얼굴이 팔렸을 가능성이 있고, 설령 겉모습을 감춰도 그 특유의 마력을 알아볼 여지가 있었다. 하지만 하쉬는 굉장히 신성한 느낌을 가져다주었고 얼굴 또한 팔리지 않았다. 징조로서 활용되기에는 딱이었다.

그리고 그런 하쉬를 지키는 천사들도 만만치 않았다. 하쉬에게 해가 가지 않도록 선별하고 또 선별해서 들인 천사들이 지금 성검 주변을 지키고 있었다.

마르틴이 작심하고 움직여도 버틸 수 있는 전력. 하지만 해볼 법하다고 생각하게 만들 숫자였다. 이는 마르틴을 끌어들이기 위해 직접 조치한 것이었고 어느 정도 먹혀들어 가고 있었다.

마르틴은 숲과 멀찌감치 떨어져서 상황을 지켜보는 중이었다.

"흠…… 징조는 확실한 모양이군. 최상급의 마수들과 천사들이 서로 견제를 하는 걸 보아하니……."

기간테스와 그리핀, 히드라!

세 마수는 마르틴도 쉽사리 건드릴 수가 없었다.

마음먹기에 따라서 잡는 게 불가능하진 않겠지만 그로 인한 피해가 더욱 막중할 게 뻔했다.

특히 저 히드라는 알려지지 않은 게 많았다. 격도 남달랐고 그만큼 강하기도 하였다. 어쩌면 마르틴 본인이 직접 나서야 할 수도 있었다.

그런데 지금, 저 세 마수가 숲의 근처에서 힘 씨름을 하는 중이었다. 숲의 천사들은 세 마수가 숲 안으로 들어오지 못하게 견제를 하고 있었다.

직접적인 공격이 오가지는 않았지만 당장 싸움이 일어나도 이상하지 않을 모습이다.

'랜달프 브뤼시엘, 이 한국의 던전은 놈의 것일 확률이 높다. 아니, 설령 어느 마족이라도 바로 앞에 생겨난 천사들을 방치하진 않겠지. 어쩌면 곧 마수들을 이끌고 공격을 가할

수도 있겠어.'

마르틴은 지팡이를 잠시 내리고 미간을 쥐었다.

랜달프 브뤼시엘, 혹은 다른 마족이 숲을 공격하면 필연적으로 성검의 존재를 알아차리게 된다.

설령 성녀의 출현을 모르더라도 성검은 성녀를 끌어들이는 힘을 지녔다.

만약 성녀가 넘어간다면 찾는 게 쉽지는 않을 것이다.

어중간한 마족이라면 괜찮겠지만 상대가 랜달프 브뤼시엘이면 복잡해진다.

'놈은 강하다. 게다가 특이하지. 성녀라고 그냥 죽이지는 않을 터. 어쩌면 나와 비슷한 일을 계획할지도 모른다.'

그렇게 생각하니 조급해졌다.

성검이 놈의 손에 들어가면 자신이 세운 계획은 물거품이 되어버린다.

완전한 예지도 멀어지는 것이다.

'저 마수들이 숲을 공격하기 전에 성검을 찾아야 한다.'

마르틴이 고개를 끄덕였다.

기간테스와 그리핀, 히드라를 대동한 마수들이 움직이면 천사들이라도 어찌할 도리가 없다. 속절없이 밀릴 테고 성검까지 도달하리라.

"그레이트 웜, 길을 만들어라. 숲의 중심부와 이어지는 아주 긴 길을."

그러니까 그전에 찾는 수밖에 없었다.

그리고…….

"예로부터 성녀는 고비의 시기에 나타나곤 했지. 듀라한 부대와 뱀파이어들은 인간들을 공격하고 괴롭혀라. 인간들이 절망하도록 만들라."

성검에만 목을 맬 생각도 없었다.

뱀파이어. 밤의 지배자. 상급 4Lv의 마수로 랭크된 일반 마수 중에서도 격이 높은 이들이다. 자존심이 강하고 스스로를 고귀하다고 여기는 종족이지만 던전 마스터의 명령은 절대적이다. 이들은 인간들을 습격하고 피를 주입하여 좀비로 만들었다.

진짜 혈청을 주입하면 '데미 뱀파이어'가 되지만 인간에게 그만한 적성이 있어야 했고 쉽게 만들어지지도 않았다.

급조된 좀비는 28일이 지나면 자연스럽게 소멸하나 인간들에게 공포를 심어주기엔 더할 나위 없었다. 최하급의 마수일지라도 오랫동안 알았던 사람이 좀비가 되어 자신을 습격한다는 공포는 처절할 정도로 경악스러운 것이었다. 그리고 그 좀비를 직접 처리해야 한다는 사실도 말이다.

또한 뱀파이어는 악질적인 장난을 좋아했다. 좀비가 된 인간에게 가장 가까운 사람을 습격하도록 명했다.

"승미야, 이, 이러지 말자. 오빠 못 알아보겠어? 승미야!

제발!"

"크아아악!"

허름하기 그지없는 판잣집. 그곳에서 비명이 울려 퍼졌다. 서로 없이는 못 살던 남매가, 가족이, 친구가…… 괴물이 되어버렸다.

일파만파 빠른 속도로 좀비가 확산되며 각성자들마저 해결에 난항을 겪고 있었다. 빠르게 긴급회의가 소집되었지만 마땅한 해결책은 나오지 않았다.

최대한 사람들을 모아두고 어두운 장소에 발을 디디지 못하게 하는 것이 전부였다. 각성자들이 순찰을 도는 것도 한계가 있었다.

무엇보다 시민들은 지쳐 있었다. 스트레스가 나날이 늘어서 폭발 직전이었다. 억지로 가둬두는 모양새가 취해지자 반발하는 사람들도 나타났다.

진퇴양난. 그러나 더는 피해를 늘릴 수 없었다.

모든 길드가 연합하여 사람들을 습격하는 존재에 대한 추격을 시작했고 머지않아 작은 결실을 맺었다.

"상대는 뱀파이어. 한두 마리가 아닙니다."

길드 마스터와 길드의 주요 인원들이 모인 회장 안.

유은혜가 나서서 브리핑을 시작했다.

현재 각성자 중 가장 두각을 나타내는 게 그녀였고 이번 작전에서도 가장 큰 역할을 해낸 게 유은혜였다.

선이 곱고 발랄한 외모로 남성들에게 인기가 많았지만 그와 별개로 '번개의 마검사'로서 제대로 자리를 잡아가고 있었다. 평소 말투나 생긴 것과는 다르게 철벽녀로도 유명했으나 그만큼 공과 사를 잘 따지는 성격 때문이었다.

지금도 마찬가지였다. 이런 자리에 서는 게 익숙하지 않음에도 전혀 긴장하지 않은 듯 여유롭게 이야기를 전개해 나가는 중이었다.

"우선 생포한 뱀파이어를 보시죠."

탁!

유은혜가 손뼉을 치자 김용우와 이지혜가 직접 바퀴가 달린 철창 하나를 끌고 왔다.

길드 마스터인 김용우가 이런 잡일을 자처할 수준이니 그정도로 사안이 급하다는 방증이었다. 당연히 다른 길드원들의 집중력도 높아졌다.

"저게……."

유은혜가 고개를 주억였다.

"이번에 생포한 뱀파이어입니다. 워낙 강한 마수인지라 총공격을 가한 끝에 겨우 붙잡을 수 있었습니다. 정말…… 많은 피해 끝에요. 여러분을 은밀히 부른 것도 이 뱀파이어 때문입니다."

유은혜는 작게 이를 갈았다. 뱀파이어는 호락호락하지 않았다. 잡는 데 수십의 각성자가 죽어 나갔다.

뱀파이어를 공개하는 일에도 신경을 많이 썼다. 각 길드의 주요 멤버들만 알고 참석할 수 있게 손을 쓴 것이다.

"허!"

"대단하군."

그러나 사람들은 결과만을 가지고 크게 놀랐다.

뱀파이어가 출현한 건 이번이 처음이 아니다. 여러 나라에서 이미 발견된 마수이며 그 강함 역시 인증이 되어 있었다. 비록 반시체라고 하지만 생포했다는 사실이 놀랍기 그지없었다.

"우리는 뱀파이어가 한국을 습격하고 좀비를 만든 목적을 알아보려고 뱀파이어를 심문했습니다. 육신을 쇠약하게 만든 뒤 각종 약물과 몽환 계열, 최면 계열 스킬의 도움을 받아서 성공했지요."

다소 자극적인 내용이다. 하지만 나중에 말이 나올 바에는 지금 다 털어놓는 게 낫다고 판단한 것이다. 전부 오픈하고 이야기를 나누면 굳이 뒤를 잡힐 염려도 없으니 말이다.

"이걸 봐 주세요. 뱀파이어는 이 하얀 약물이 든 병을 다수 가지고 있더군요."

유은혜가 품에서 작은 약병 하나를 꺼냈다. 하얗고 묽은 약물이 그 안에 들어 있었다.

"그게 뭔가?"

플래티넘 길드의 마스터가 묻자 유은혜는 순순히 답했다.

"무언가를 판별하는 약물입니다. 인간이 그냥 섭취하면 이지를 상실하게 만드는 극독이기도 합니다."

"판별?"

"그 전에…… 마수들의 습격이 시작된 이후 많은 각성자가 실종된 일을 아십니까?"

"마수와의 싸움은 격했으니까."

"모두가 그렇게 생각했습니다. 시체를 찾지 못하는 것도 무리는 아니라고. 하지만, 아니었습니다."

유은혜는 잠시 숨을 들이마신 뒤 말을 이었다.

"성녀를 찾고 있다고 합니다. 이 약물은 그 성녀를 판별해 줄 도구라고 하더군요. 아쉽게도 저희가 알아낸 건 거기까지 였습니다만…… 이들의 뒤에 어떠한 마족이 있음은 분명합니다."

"마족……!"

"미친! 사라진 게 아니었나?"

사람들이 웅성댔다. 무리도 아니다. 마족들의 공격이 얼마나 끔찍한지 몸소 겪은 이들이었다. '구세주'의 등장으로 겨우 끝을 맺었다고 생각했는데 다시금 마족이 나타난 것이다.

몸을 꽉 껴안고 떠는 이들마저 있었다. 이곳에 모인 각성자는 모두 정예임에도 당시의 공포가 그만큼 컸기 때문이다.

"중요한 건 성녀입니다. 예상컨대 마족은 성녀의 출현을 두려워하고 있습니다. 그래서 그녀를 저지하고자 미리 수를 쓰는 겁니다."

"그럼 우리가 먼저 성녀를 찾으면 되겠군."

"예, 이 약물을 이용하면 충분히 가능하겠지요."

"하지만 그 약물은 이지를 상실하게 만든다고 하지 않았나?"

"그건 일반적인 사람에 한합니다. 성녀에게는 그런 효과가 없다고 하더군요."

유은혜의 말에는 분명히 빈틈이 있었다.

그것을 이곳에 모인 사람 모두가 깨달았다.

"성녀가 누구인지 알고 있는 건가? 아니지, 그러면 굳이 약물을 사용할 필요조차 없겠지."

"이런 중요한 회의에 구세주의 아이님들과 기린 님의 모습이 보이지 않는다는 것을 이상하게 생각하지 않으십니까? 몇몇 길드도 빠져 있지요."

"그분들은 워낙 바쁘신 분들이 아닌가? 길드 모두가 참석하는 일도 좀처럼 없고."

그다지 이상하게 생각하는 이들은 없었다. 로이와 로제, 기린이 회의를 빠지는 건 일상다반사였다.

"저는…… 저와 천명회 길드는 지금 이 자리에 없는 이들의 움직임에 의아함을 느끼고 있습니다. 특히 로이와 로제 님, 기린 님은 최근 들어 믿을 만한 사람들을 시켜서 누군가를 찾고 있는 것 같더군요."

"자네, 위험한 소리를 하는군. 그분들을 의심하는 건가?"

적어도 한국에서 그들은 신적인 존재다. 실제로 기린의 경우엔 신처럼 숭배받았고 로이와 로제도 구세주의 아이들이라 하여서 그만한 접대를 받고 있었다.

한국에서 그들을 의심한다는 건 신성모독과도 같은 일이었다.

하지만 유은혜는 고개를 끄덕이는 데 주저하지 않았다.

"저는 그분들이 찾는 사람이 '성녀'일 것이라고 확신합니다. 그리고 저희보다 많은 정보를 가지고 있다는 것 역시. 어떠한 확신을 가지고 움직이는 듯했습니다."

"그래서……그래서 우리를 모아 무엇을 얘기하고자 하는 거지?"

"협조를 해주셔야겠습니다. 저와 천명회의 힘만으로는 그분들을 압박하기가 힘들거든요. 공적인 일로 만들어 정보를 공개토록 하는 게 제가 하고자 하는 이야기입니다."

"미쳤군."

한 단어로 요약됐다.

이건 미친 짓이다.

태평성대도 아니고 지금 같은 상황에서 이런 행태를 취하는 건 결코 옳지 않다. 힘을 모아도 모자랄 판국에 굳이 분열을 만들 필요는 없었다. 해서 조금 부족하거나 미심쩍은 일이 있어도 눈을 감아주는 게 의례였다. 설령 유은혜의 말이 진실이라 할지라도 덮어주는 게 맞다.

"나는 저 미친 짓에 동의할 생각이 눈곱만큼도 없네. 더는 못 들어주겠어."

플래티넘 길드의 길드 마스터가 자리에서 일어나자 그의 길드원들도 함께 무릎을 폈다.

하지만 그와 동시에 회장의 문이 열리며 다수의 각성자가 모습을 드러냈다. 모두 천명회, 혹은 천명회와 긴밀한 관계에 놓인 각성자였다.

유은혜는 무표정한 얼굴로 입을 열었다.

"동의하는 분만 나갈 수 있습니다. 동의를 못 하시는 분들은…… 이번 일이 해결될 때까지 이곳에서 잠시 대기를 해주셔야겠습니다."

"우리를 강제하려는 셈인가! 정녕 천명회 길드가 미쳐 돌아가는구나! 최고의 길드라고 주변에서 떠받들어 주니 눈까지 멀어버린 거냐! 전쟁이 벌어질 거다!"

"전쟁은 두렵지 않습니다. 진짜로 두려운 것은……."

잠깐의 침묵 끝에 유은혜가 마저 말했다.

"우리가 우리의 권리를 스스로 포기한 채 잘못된 길을 가는 것이죠."

나는 마르틴과 줄타기를 하는 중이었다.

숲을 공격하려는 모양새를 취하고 공격하지 않고 있었다.

그러는 사이 마르틴은 벌써 두 번이나 숲을 침략했다.

'모두 실패했지만.'

그레이트 웜으로 땅굴을 파고 기습하는 작전을 좋았다. 단 번에 성검의 근처까지 다다라 천사들에게 위협을 가했다. 그러나 천사들이 땅굴을 억지로 무너뜨려 피해를 최소화했다. 반대로 마르틴은 투입한 마수 대부분을 잃었다.

두 번째 공중이었다. 와이번 무리에 마수들을 태우고 이동했다. 천사들은 날지 않고 울창한 숲 안에 숨어서 원거리로 요격을 가했다. 마르틴의 딴에는 천사들은 날개가 있으니 공중에서 상대를 해줄 것이라고 기대한 듯했다.

'재미있군.'

모두 내가 지시한 사안이었다.

나는 현재 숲 안에 있었다. 성검의 주변에서 은신한 채 상황을 지켜보는 중이었다. 천사들도 진정으로 내가 어디에 위치하고 있는지는 발견하지 못했다.

하지만…….

"까아~"

하쉬.

녀석은 달랐다.

단박에 내가 자리한 위치를 알아내고 다가왔다.

태어난 지 몇 주가 채 지나지 않은 아기 천사가 내 어깨 위에 올랐다. 음의 마력과 신성력이 부딪히며 강한 반발이 생겨났지만 둘 다 큰 피해는 없었다. 둘 다 지극히 순수하고 강한 힘을 지니고 있어서다.

"특이한 녀석이군."

보통 천사는 마족을 싫어하는 게 본능이다. 나도 크게 다르지는 않았다. 단지 다른 마족들보다 수비 범위가 넓을 뿐이었다.

나는 짧게 혀를 차며 심안을 열었다.

이름 : 하쉬

직업 : 상위 천사(지천사)

칭호 :

　*지천사의 권위(Legend, 모든 능력치+7)

능력치 :

　힘 12(+7)

　지능 35(+7)

　민첩 20(+7)

　체력 12(+7)

　마력 44(+7)

　잠재력 (123+35/548)

특이사항 : 타락한 천사의 보살핌으로 태어난 천사입니다. 천왕의 축복, 근원의 축복과 여러 특이점의 조합으로 어떻게

성장할지 예상할 수 없습니다.

스킬 : 작은 빛의 화살(U)

마족은 한계 돌파를 해야만 넘을 수 있는 잠재력 수치를 태어나자마자 지니고 있었다. 상위 계급의 천사라서 그런 걸까? 천계에도 몇 없는 존재이니 그만한 강함을 지니고 있는 게 이해가 안 가는 건 아니었다. 하나…… 이런 걸 보면 천사에 비해 마족이 약하다는 느낌이 강하게 들었다.

마족의 '본질', 내가 타락 스킬을 사용할 때 변한 모습이 진정한 마족이었다면 그 모습을 잃어서 마족들이 전체적으로 약해진 것 같았다.

'오쿨루스는 그것을 느낌으로나마 알고 있었던 것인가.'

그토록 진화를 울부짖던 마족은 오쿨루스를 제외하면 없었다. 알고 있었다면 그는 시대를 앞서 나간 마족일 따름이었다는 재평가가 가능해진다. 이미 죽어 사라진 녀석이지만 이제야 조금은 이해가 되었다.

"까아~"

하쉬는 아직 어렸다. 그러나 마냥 어리지만도 않았다. 녀석은 주변의 영향을 받아서 빠르게 성장하고 있었다. 유독 겁이 없었지만 나를 적대하는 것보단 나았다. 아무래도 던전 마스터로서의 영향력이 지천사에게도 영향을 끼치는 듯했다.

내가 막 하쉬의 이마를 손가락으로 밀어내고 있을 때였다.

―나의 던전 마스터시여.

품속에서 크리슬리의 목소리가 울려 퍼졌다.

"무슨 일이지?"

작은 수정구를 꺼내 들어 그 안에 떠오른 크리슬리를 보며 말하자 크리슬리가 다소 흥분한 듯이 답했다.

―성녀를 찾았습니다.

Chapter 58

절반의 각성

Dungeon Hunter

드디어!

입가에 냉소가 지어졌다.

드디어 마르틴을 끄집어낼 결정적인 카드가 손에 쥐어진 것이다.

"확보했나?"

―아직입니다. 약간의 문제가 생겼습니다.

"문제라니?"

―인간들이 성녀의 정보 공개 요청을 하고 있습니다. 저희가 움직이는 걸 약간이나마 눈치를 챈 듯하여…….

고개를 갸웃했다. 인간들이 어찌 성녀에 대한 정보를 얻었단 말인가. 그에 대한 보고는 받은 적이 없는지라 물었다.

"어떻게 된 일이지?"

─공작 마르틴의 휘하 마수 중 뱀파이어 한 마리를 생포한 듯싶습니다.

"뱀파이어는 자존심이 강한 족속들이다. 하물며 던전 마스터와 관련된 정보를 쉽게 불지도 않을 터인데?"

─약물과 각종 스킬을 이용한 게 아닐는지요. 인간 각성자들은 저희도 모르는 스킬을 많이 보유하고 있습니다.

확실히.

인간은 많다. 그리고 각기 다른 스킬을 보유하고 있었다.

살짝 획일화된 느낌이 있는 마수들과는 전혀 달랐다.

"갑자기 움직인 건 아닐 터. 이끄는 우두머리가 있을 것이다."

─예, 나의 던전 마스터시여. 천명회와 유은혜가 주도적으로 나서고 있습니다.

탁.

이마를 짚었다.

세상사가 내 마음대로 돌아가리라는 법은 어디에도 없지만 하필 그 둘일 줄이야. 그리고 그 둘이 나섰다면 크리슬리가 쉽사리 움직이지 못한 것도 이해가 된다.

'어찌한다.'

잠시 고민했다. 성녀에 대한 사안은 인간들에겐 아직 극비였다. 나조차 성녀에 대한 자세한 정보는 알지 못하고 지금은 그 성녀로 말미암아 마르틴을 낚아야 했기 때문이다.

인간들에게 성녀를 쥐어줬다간 자칫 계획이 틀어질 우려가 있었다.

'마르틴도 눈치챘을 가능성이 있다.'

더욱 골치가 아픈 건 마르틴이었다. 마르틴의 경우 인간들의 사이에서도 눈과 귀를 열고 있었다. 지금은 조용하지만 대대적으로 나섰다가 마르틴의 귀에 성녀에 대한 사실이 들어가면 필시 로이와 로제를 노릴 것이고 크리슬리 혼자서는 역부족일 수도 있었다.

"성녀는 각성을 했던가?"

─각성은 안 했습니다. 하나 미약하지만 순수한 신성력을 확인했습니다. 타쉬말이 인정할 정도였으니 확실하지 않을는지요.

신성력을 보는 눈에 관해선 현재 나를 포함한 휘하 마수 중 타쉬말을 따를 자가 없었다. 그 타쉬말이 인정했다면 성녀의 기질을 가지고 있을 확률이 매우 높았다.

'눈을 돌릴 확실한 방법이 필요하겠군.'

특히 인간 각성자들.

힘이 생기자 내 계산을 벗어나려는 경향이 생겼다.

자율적인 판단은 좋지만 그들은 내 울타리 안에서 존재해야만 했다. 울타리 바깥으로 나가려고 한다면 굳이 내가 그들을 돌보는 이유가 없어진다.

"크리슬리, 로이와 로제에게 전해라. 대규모 마수가 진격할 것이니…… 먼저 '예언'하라고 말이다."

—예언…… 이라니요?

"가짜지만 진짜 예언을 하는 예언가. 인간들을 움직일 존재로는 적합하지 않은가."

더불어서 마르틴도 움찔하게 만들 방법이 있었다.

'인간들이여, 한국에도 던전이 있다는 걸 너무 간과하고 있군.'

여태껏 조용히 있었기 때문일까?

바로 옆에 항거할 수 없는 존재들이 있다는 사실을 다시금 체감시킬 필요가 있을 것 같았다.

그리고 이번 움직임으로 말미암아 마르틴의 속을 더욱 타들어가게 할 작정이었다.

던전의 구조조정은 필요했다. 구조가 바뀌며 마수들의 생태계에도 변화가 생긴 탓이다. 한 번쯤 물갈이를 해야 했는데 마침 시기가 적절했다.

그사이 로이는 '예언가'로서 인간들의 중심에 서게 되었다.

"가장 높은 곳에서 가장 큰 달이 떠오를 때, 지옥의 입구가 열리며 사자들이 튀어나올 것입니다. 사자들은 앞을 막아서는 모든 존재를 갈가리 찢고 집어삼키는 악한 자들입니다. 하지만 그들은 죽음과 삶을 동시에 짊어진 나무를 해할 수 없습니다. 인간들이여! 모두 두 나무의 근처로 모이십시오. 우리들은 그곳에서 악이 지나가길 기다려야 합니다."

구세주의 아이가 예언을 한다?

처음이었다. 하지만 로이의 표정은 비장했고 적어도 인간들에게 있어서 로이의 말은 구세주나 기린 다음으로 영향력이 컸다.

로이의 말은 서울특별시 전역에 빠르게 퍼져 나갔고 생명과 죽음의 나무 곁으로 사람들이 모이기 시작했다.

그리고 보름달이 뜬 저녁.

무려 5만에 달하는 마수가 던전을 빠져나왔다.

한국의 던전을 대표하는 마수는 무엇이 있을까?

일단 샤벨 타이거가 있다. 가장 많은 숫자를 가졌고 그 성향도 지극히 공격적이다. 어지간한 마수는 기다란 송곳니에 그대로 꿰뚫려 죽는다.

백치호는 내가 자리를 비운 사이 마족과 싸우다가 장렬히 전사했다. 하지만 그 뒤를 흑치호가 잇고 있었다.

게다가 흑치호는 한 마리가 아니었다. 무려 일곱 마리나 되는 흑치호가 그사이 태어난 것이다. 백치호는 없어도 상급 4Lv의 마수인 흑치호 일곱 마리라면 그 공백을 채우고도 남는다.

상급 3Lv 마수인 적치호도 무려 스무 마리나 있었다. 단순

샤벨 타이거의 숫자만 해도 삼천에 달했다.

그다음으로 많은 개체수를 유지하고 있는 건 미노타우르 스였다. 이천이백! 특이체는 없었으나 적들을 공포에 떨게 만드는 존재로서는 더없이 적합했다.

물론 이 수치는 최하급과 하급 마수를 제외한 것이었다. 오크나 고블린의 번식률은 상상을 초월하니 말이다.

다크 베어, 메머돈 등의 짐승류 마수가 유독 많았는데 그 만큼 던전의 특성과 맞는다는 뜻일 테다.

하여간 나는 이번 출전에 최하급과 하급의 마수는 아예 빼 버렸다. 오로지 중급 이상의 마수로 5만을 채웠다.

던전 하나에서 나온 숫자치곤 압도적인 물량!

마수들은 즉시 숲의 근처로 진격했다. 이후 숲 주변과 서 울특별시 주변을 맴돌며 극적인 상황을 연출시켰다.

김유라는 눈물을 흘렸다. 마수들로 인해 가족을 잃고 '자 신'도 잃은 그녀는 하루하루 살아가는 게 너무나도 힘들었 다. 화상으로 인해 얼굴은 흉측했으며 허리를 다쳐서 하반신 에도 마비가 왔다. 시력도 극히 안 좋아서 바로 앞에 있지 않 는 이상 거의 분간하지 못할 정도다.

뿐만인가.

머리칼 또한 전부 잃었다.

그야말로 죽지 못해서 살고 있는 지경이었다.

그럼에도 그녀가 살아 있는 이유는 가족 중 유일하게 살아 있는 여동생 때문이다.

몇 번이나 자살을 시도했지만, 그럴 때마다 자신이 죽으면 따라서 죽겠다는 여동생 때문에 겨우 목숨만 부지하고 있었다.

자신보다 두 살 어린 여동생은 어떻게든 살아가기 위해 닥치는 대로 일을 했다. 세계가 이 모양이 된 뒤로 제대로 된 일은 거의 없다시피 했지만…… 아침에는 막노동을, 저녁에는 김유라가 눈치채지 못하도록 몰래 빠져나가 각성자들을 상대로 '밤일'을 하였다.

정작 동생은 눈치채지 못하고 있다고 생각하지만 김유라는 알고 있었다. 아니라면 할 줄 아는 게 없는 동생이 자신의 몫까지 하루 세 끼를 차릴 수가 없으니 말이다.

하물며 외곽이라지만 제법 그럴싸한 판잣집도 구했다. 유명 길드의 각성자가 여동생의 편의를 봐줘서 가능했다는 것쯤은 주변에서 들리는 말로도 충분히 짐작할 수 있었다.

"어, 어그이…… 왜 그에……?"

김유라가 힘겹게 입을 열었다. 잇몸이 녹은 뒤로 말조차 제대로 나가질 않았다. 지옥이 있다면 이곳이리라고 생각했지만 지금은 그보다 눈앞의 동생에게 더욱 신경이 갔다.

여동생, 김민지는 만신창이였다. 얼굴이 붓고 눈에는 멍이 있었다. 머리칼도 헝클어졌으며 입가에 묻은 피가 적나라했다.

"아무것도 아니야. 언니, 그보다 빨리 여길 빠져나가야 돼."

"에?"

"구세주의 아이께서 예언하셨대. 이 주변은 곧 마수들이 들이닥칠 거야. 빨리 두 그루 나무가 있는 곳으로 피신해야 돼. 다른 사람들은 벌써 떠났어."

억지로 김유라를 휠체어에 태운 후 김민지가 휠체어를 밀고 나가기 시작했다.

판잣집을 빠져나오자 김민지의 말마따나 주변 사람들이 짐을 하나씩 이고 움직이는 중이었다.

반면 자신들이 가진 거라곤 몸뿐이 없었다. 어떻게든 사람들과 합류하는 데에는 성공했지만 그뿐이었다.

행렬은 끝도 없이 길었고 속도는 느렸다. 게다가 김민지는 다친 상태였다. 빨리 치료를 받아도 부족한 판국에 억지로 휠체어를 끄는 중이니 입에서 연신 단내가 나왔다.

김유라는 자신을 버리라고, 그대로 가라고 하고 싶었지만 그런 말이 여동생을 더욱 힘들게 하리라는 걸 알았다. 그저 조용히 있어주는 게 김유라가 할 수 있는 모든 것이었다.

그렇게 반나절이 지나고 저녁이 찾아왔다.

행렬은 잠시 멈췄고, 지쳤는지 김민지는 곧장 휠체어에 기댄 채 잠들었다.

"개…… 새끼들…… 어떻게 모은…… 돈인데……. 언니……

내가 꼭 고쳐 줄게……."

김민지의 잠꼬대를 들은 김유라는 와락 눈물을 흘렸다. 힘 겹게 손을 옮겨 여동생의 뺨을 쓸며 김유라는 기도했다.

이 지옥 같은 세상에서 제발 동생만큼은 편히 살 수 있기를. 하지만 그게 꿈이라는 걸 깨닫는 데에는 오랜 시간이 걸리지 않았다.

당장 다음 날부터가 문제였다.

목이 탔다. 배가 고프고 머리는 어지러웠다. 하지만 맨몸으로 나왔으니 먹고 마실 게 있을 리가 없었다.

김유라는 참았다.

꼬르륵!

그러나 비정상인 몸 중에서 가장 정상적으로 활동하는 게 하필 위장이었다.

"언니, 배고파? 기다려. 내가 마실 거라도 구해볼게."

김민지는 마른 입술을 핥으며 사람들 사이를 오갔다. 그러나 돌아온 건 싸늘한 시선뿐이었다. 이 행렬이 언제까지 이어질지 모르는 이상 자신의 식량을 함부로 나눠주는 사람은 없었다.

착한 사람은 이미 전부 죽었다. ……그런 말이 오가는 현세다. 이해는 되었다. 저들도 자기 목숨이 중요하고 가족이 있는 사람도 있으니까.

결국 그날 저녁까지 구한 것이라곤 먹다 남은 풀죽 조금이 전부였다.

"미안해, 언니. 내일은 꼭 먹을 만한 걸 구해볼게."

김유라는 고개를 저었다. 그릇을 내밀며 권했지만 김민지도 마다했다.

"나는 구해 올 때 조금 먹었어. 언니가 안 먹으면 그냥 버릴 거야."

동생인 김민지는 한다면 진짜로 하는 아이였다. 김유라는 하는 수 없이 풀죽을 먹고 배가 부르다는 듯 수저를 넘겼다.

그리고 눈을 감자, 얼마 안 있어서 부스럭거리는 소리가 들렸다. 슬쩍 눈을 뜨니 여동생은 언제 챙겼는지 화장 도구로 화장을 하고 있었다.

'아…….'

김유라는 다시 눈을 감았다.

이 세상은 정말 지옥이라 생각하며.

다음 날 아침은 무사히 먹을 걸 먹을 수 있었다. 고구마 하나와 생수 한 통이 전부였으나 달콤하기 이를 데 없었다.

"조금만 더 가면 돼. 언니, 기린 님 본 적 없지? 세상에서 그보다 아름다운 분은 없을 거야. 언니도 보면 한눈에 반할 걸? 구세주의 아이들께서도 얼마나 깜찍한데. 난 먼발치에서 한 번씩 본 적 있다."

휠체어를 끄는 김민지가 신이 나선 계속 떠들었다.

중앙이 가까워질수록 안심이 되는 모양이었다.

"진짜 구세주님은 본 적이 없어서 아쉬워. 듣기로는 되게 무뚝뚝한 사람이라던데, 대신 엄청나게 멋있대. 세상에서 가장 강하고 말이야. 히히. 백마 탄 왕자님 같을까?"

구세주라.

여동생은 그 구세주라 불리는 남자에게 관심이 특히 많았다. 이 시대의 백마 탄 왕자라며 언젠가 자신을 이 지옥 같은 곳에서 구원해 줄 구원자 정도로 여겼다.

반대로 김유라는 회의적이었다.

그런 사람이 이 세상에 남아 있을 리가 없다. 착한 사람은 모두 죽었다. 자신에게 있어서 유일하게 착한 사람은 여동생 하나뿐이었다.

"뱀파이어다!"

"아아아악!"

그때였다. 선두에서 비명이 울려 퍼지며 사람들이 뒷걸음을 치기 시작했다.

"어, 언니!"

사람들이 부리나케 이동하자 휠체어도 위험했다.

겨우 버티고 서 있는 게 전부였다.

쾅!

쿠르릉!

그때 반쯤 무너진 건물이 무언가에 맞고 폭발을 일으켰다.

사방에 건물의 파편이 떨어졌고…….

"피해!"

김민지가 휠체어를 던지듯 밀어냈다.

그 탓에 김유라는 휠체어에서 떨어졌지만 대신 목숨은 부지할 수 있었다.

"아…….."

목숨은 부지했으나 그 대신 여동생이 철조물 아래에 깔렸다.

허리가 양단이 됐으며 '꺼억!' 소리만 내며 이쪽을 바라보고 있었다.

"아…… 아아……!"

김유라는 양손으로 바닥을 짚었다. 다리가 움직이지 않으니 다른 방법이 없었다.

하지만…… 도착한 즉시 김민지는 고개를 떨궜다.

"아아아아!"

김유라는 애써 김민지의 얼굴을 부여잡고 흔들어 보았다. 그러나 이미 숨을 멈춘 자가 다시 고개를 들 리가 없었다.

순간 여동생과의 추억이 주마등처럼 지나갔다.

자신을 위해 헌신하던…… 빛 하나 보질 못하고 이처럼 쓰러질 아이가 아니었는데.

밉다. 모든 게 밉다. 왜 착한 사람은 모두 죽어야 하는 건가. 왜 신은 나쁜 사람만 살아갈 수 있는 세상을 만들었는가.

동시에, 김유라의 주변으로 빛이 아른거리기 시작했다.

이내 그 빛은 주변 모든 것을 삼켜 버렸다.

"이런 식으로 각성을 하는군."

막대한 신성력.

피부가 저릿하다.

나는 지난 며칠간 성녀가 맞는지 확인하고자 김유라를 몰래 관찰하고 있었다. 그리고 마침내 각성한 것이다.

각성할 때 주변의 모든 마수는 이 빛을 견디지 못하고 소멸하기 일쑤였다. 실제로 뱀파이어 세 마리 정도가 빛에 휩쓸려 사라졌다. 초월의 영역에 이른 나조차 피부가 따가웠으니 가공할 만하다.

'하지만 절반의 각성이다.'

나는 천천히 그녀에게 다가갔다. 성녀일진대, 흉측한 모습은 그대로였다. 세상에 대한 미움으로 각성했기 때문일까?

도리어 신성력의 폭주로 전신에 기포가 올라오고 있었다.

이대로라면 머지않아 자폭하리라.

그래서 절반의 각성이라 칭한 것이다. 이 폭주를 멈추려면 극한 감정의 상태를 지울 필요가 있었다.

하여, 나는 가만히 그녀에게 다가갔다.

"살리고 싶나?"

이후 반토막 난 김유라의 여동생을 바라보며 말했다.

김유라는 대답하지 못했다. 아니, 대답할 수 없는 건가?

하지만 눈빛을 보면 안다. 난데없이 나타난 나로 인해 아직 헤매고 있었다.

"대답이 늦으면 살릴 수 없다. 기껏해야 20초 정도로군."

나는 대답을 재촉했다. 실제로 김민지는 숨이 끊긴 지 얼마 안 됐다. 살리려면 충분히 살릴 수는 있었다. 물론 전과 같은 상태를 유지하진 못할 테지만 생명을 이어붙이는 건 가능하였다.

"아…… 아……."

그제야 정신을 차린 김유라가 고개를 끄덕였다.

"동생을 살리면 넌 내게 무엇을 줄 거지?"

그렇다고 공짜는 아니었다. 내 것도 아닌 이에게 무언가를 줄 만큼 나는 아량이 넓지 못했다. 나는 마족이었고 이 행위는 엄밀히 말하자면 계약과 같았다. 정상적인 상황에서의 계약이 아니라 내가 아주 유리한.

시간마저 촉박하니 달리 선택의 여지가 없을 것이다.

그리고 김유라가 내게 줄 수 있는 것이라면 한 가지밖에 없었다.

'자신의 전부.'

김유라는 그처럼 말하는 듯했다. 오로지 동생을 살리고자 하는 욕망만이 두 눈에 담겨 있었다.

전생에서 김유라는 반쪽짜리 성녀가 아니었다.

그럴 수밖에. 마르틴의 침략은 온전히 나로 말미암아 발생된 것이다. 원래는 있지 말아야 할 일이었다.

그리고 전생에서 김유라는 온전히 각성하여 마족과 마수들을 무참히 격살한 성녀 중 하나로서 자리를 잡았다. 비록크게 이름은 떨치지 못했어도 성녀 그 자체가 가져다주는 무게감은 확실히 있었다.

반쪽짜리 각성이 무슨 효과를 일으킬지 알 수는 없지만 과거의 성녀를 손에 얻었다는 것만으로도 남는 장사였다. 저동생이라는 여자도 어떻게든 '살리기만' 하면 된다지 않은가.

나는 마법 주머니에서 약병 하나를 꺼냈다.

'본래라면 호문쿨르스의 제조에 사용될 것이었지만.'

어깨를 으쓱했다. 가파람이 만든 물약이었다. 근원의 나무에서 얻어낸 최상급의 재료와 주어진 연구비로 갖가지 비싼재료를 구매해서 6개월간의 노력으로 만들어낸 결실.

엘릭서보다 훨씬 효과가 좋다. 말 그대로 숨이 멎은 지 얼마 안 된 이라면 살려내는 게 가능할 수준이다. 상당한 격을갖춘 존재에겐 이런 약도 잘 통하지 않지만, 고작 인간 하나라면 불가능할 것도 없었다.

총 두 개를 만들었는데 그중 하나가 내게 왔다. 나는 이 약병에 나의 피를 살짝 섞었다. 약물이 피와 섞이자 동시에 검붉게 변했다.

이후 철근을 치워내고 절반을 억지로 먹였다. 김민지의 식도를 타고 흘러들어 간 약물이 전신에 퍼지며 빠르게 재생되기 시작했다. 잘려 나간 하반신의 경우엔 다시 붙일 수도 있지만 그러지 않았다. 그 과정까지 전부 소화하려면 약물을 다 써야 했으므로.

나머지 절반은 김유라의 몫이었다.

피가 멎고 김민지의 얼굴에 화색이 돌며 조금씩 생명이 깃들었다.

이윽고 눈을 뜬 김민지는 얼떨떨한 표정으로 말했다.

"언니……?"

"아아……!"

김유라가 동생을 껴안곤 내게 연신 고개를 숙였다. 눈물이 마르지 않았으나 과연 이 고마움이 끝까지 갈지는 두고 볼 일.

"마셔라."

약물의 나머지 절반이 들어 있는 약병을 건넸다.

김유라가 잠시 멈칫하자 내가 이어서 말했다.

"너의 상태를 호전시켜 줄 것이다."

김유라는 지금도 계속해서 기포가 올라오고 있었다. 이미 화상을 심하게 입은 피부에서 기포까지 올라오니 그다지 좋은 광경은 아니었지만 이대로 가만히 있다간 머지않아 자멸하리라는 게 빤히 보였다.

문제는 내 피가 섞임으로써 생겨날 부작용인데…….

'종속의 계약이다. 내 피를 마시게 하는 건 필수 행위이지.'

여동생을 볼모로 잡아두고 사용하는 걸 고려하긴 했지만 그래선 100% 온전하게 움직일 수 없다. 자발적으로 나를 돕고 나서게 만들려면 계약은 필수 조건이었다. 만약의 상황에도 대비할 수 있으니 말이다.

하나, 마족의 피가 신성력에 반발하거든 아예 돌이키지 못하는 일이 발생할 가능성이 없지 않았다. 아니, 높은 확률로 그리 되리라.

그래도 나는 절반의 각성에 주목했다. 불완전한 신성력이 몸을 집어삼킬 정도다. 내 피가 오히려 중화의 역할을 할 수도 있지 않을까. 이 5:5의 도박에 걸어보기로 하였다.

이미 성녀가 내 손아귀에 쥐어진 이상, 마르틴에게 넘어가지만 않는다면 죽어도 큰 손해는 아니었다.

어쨌거나 숲과 무기, 방금의 빛으로 '징조'는 확실하게 나타났고 마르틴은 이곳으로 향하게 되어 있었다. 다른 것을 억지로 내세워도 크게 무리는 없다는 뜻.

꿀꺽!

김유라가 약병을 받아 들곤 거침없이 들이켰다. 동생의 살아난 걸 보았으니 약 자체가 무해하다는 생각을 한 듯싶었다.

하지만…….

"아아아악!"

"어, 언니? 언니!"

마신 즉시 효과가 나타났다.

몸이 뒤틀리며 신성력과 나의 마력이 뒤엉키기 시작했다.

'주도권 싸움이로군.'

나는 팔짱을 낀 채 그 광경을 가만히 지켜보았다.

역시 반쪽의 각성으로 빈자리가 남아 있었다. 그 자리를 비집고 내 마력이 침투하며 즉각 영역 싸움을 벌이는 중이었다.

"아아아아아악!"

김유라는 몸서리를 쳤다. 마력, 신성력과는 별개로 몸 자체는 조금씩 치유가 되어가고 있었다. 화상이 사라지고 허리의 신경이 되살아났으며 잘못된 습관으로 뒤틀린 자세마저 조금씩 돌아왔다.

"흠……."

나는 턱을 쓸었다.

이 변화하는 과정을 모두 지켜보고 싶지만 불청객이 끼어든 탓이다.

'마르틴, 직접 나섰는가!'

피식 웃고 말았다.

여기서 수 ㎞는 떨어진 지점.

천천히 다가오는 강력한 존재가 느껴졌다.

이 익숙한 내음은 마르틴이 분명했다.

'불안했겠지.'

던전의 마수들이 출병하며 숲으로의 진출을 아예 막아버렸다. 결국 마르틴은 성검을 갖는 게 불가능한 상황에 놓였고 발을 동동 구르고 있을 그때 진짜 성녀의 출현을 알리는 징조가 나타났다.

여기서 그는 생각했을 것이다.

뜸을 들였다간 또다시 기회를 놓치리라고!

하여 본인이 직접 이곳으로 움직이게 된 것이다.

'드러낸 이상, 살아 돌아갈 생각은 말라.'

여태까진 숨어 있어서 찾지 못했다. 그러나 표면에 나와 이처럼 달려오고 있는 와중이라면 잡지 못할 이유가 없다.

조금 더 뜸을 들일 줄 알았건만.

그만큼 급했다는 방증이다.

그 조급함이 자신의 목을 죄일 것이란 사실조차 모른 채.

서슬 퍼런 미소와 함께 나는 자리에서 자취를 감췄다.

하늘을 뒤덮은 빛의 향연.

마르틴은 그것을 보자마자 성녀가 출현했음을 알아차렸다.

자신의 예지에도 그와 비슷한 일이 일어났기 때문이다.

다수의 뱀파이어를 잃었지만 성녀를 얻을 수만 있다면 손해이진 않았다.

"내가 직접 움직이겠다. 모든 마수는 따르도록!"

그는 자신의 던전에서 선별한 마수들과 이곳 한국의 마수들을 합쳐서 총 3만가량의 병력을 보유하고 있었다.

2만에 달하는 마수 대군이 마르틴을 필두로 움직였다.

하늘을 까맣게 물들인 가고일들. 와이번과 킹 와이번 또한 있었다. 지상에서도 온갖 마수가 꿈틀대며 이동을 시작했다.

목적지는 저 빛이 일어난 장소다.

'이번에는 놓쳐선 안 된다. 빠르게 성녀를 얻은 뒤 돌아간다.'

한국의 던전, 그리고 그곳의 주인과 맞붙을 생각은 없었다. 애석한 일이지만 자신이 보유한 병력의 숫자나 질 모두가 한참 못 미치는 탓이다. 어떻게 저만한 병력을 모았을까 싶을 정도로 억! 소리가 나오는 대군이었다.

어쩌면 판데모니엄 님의 말마따나 랜달프 브뤼시엘의 던전이 맞을지도 모르겠다. 이레귤러. 함부로 재단할 수 없는 기질을 놈은 타고났다. 무슨 일을 일으킬지 몰랐고, 설령 일으켜도 이상할 게 없는 놈이 바로 랜달프 브뤼시엘이었다.

하여간 놈이 맞든 틀리든 성녀를 얻은 뒤 이곳을 빠져나가는 게 마르틴의 최종 목표였다. 무사히 던전으로 돌아갈 수만 있다면 아무리 상대가 강력해도 막아낼 자신이 있었다.

그러니 이곳만 무사히 지나가면 된다.

"마, 마수들이……!"

"살려줘!"

하늘과 지상을 까맣게 물들이며 몰려오는 마수들. 인간의 입장에선 항거할 수 없는 천재지변과 같았다. 한참을 중앙으로 이동하던 다수의 인간이 마수에 의하여 쓸려 나갔다. 마수들이 지나간 자리에는 뼛조각조차도 남지를 않았다.

워낙 갑작스럽게 벌어진 일이라 인간들도 채 대처를 하지 못했다. 그나마 남아 있는 소수의 각성자도 도망가는 것이 전부였다.

'기다림은 끝났다. 성녀의 힘을 갈취하고 보다 완전해지리라.'

완전한 예지!

그것만 가능하다면 두려울 게 무엇이 있으랴.

완전무결한 존재는 없다고 믿는 마르틴이었다. 예지는 곧 정보였고 상대의 약점 역시 알아낼 힘이었다. 상상 이상의 강한 존재더라도 약점이 있는 이상 언젠가는 쓰러질 수밖에 없다는 게 마르틴의 지론이다.

그러니 이러한 위험을 무릅쓴 것이었다.

지금도 계속해서 미약한 경종이 울리고 있었다. '위험'이란 글자가 뇌리를 스쳐 지나갔다. 하지만 숲에서처럼 미적대다간 놓칠 수도 있다는 생각이 그를 이곳으로 끌고 나왔다.

"저건……?"

거의 다 도달했을 때 즈음이었다.

하늘에 떠 있는 한 형상을 바라보며 마르틴이 인상을 구겼다.

익숙하다. 마계 옥션에서 몇 차례나 본 적이 있는 얼굴.

느껴지는 마력은 압도적이었다. 이곳에 도달하기까지 못 알아차린 게 이상할 정도로.

"랜달프 브뤼시엘!!"

마르틴이 경악에 차서 외쳤다.

역시!

역시 이곳은 놈의 던전이었나!

하지만 주변에 다른 마수는 보이지 않았다. 그렇다는 건 놈이 혼자 있다는 뜻.

자신을 방해한 것도 바로 저놈이었다는 것이다.

"놈을 죽여라. 살을 뜯고, 머리를 잘라내고, 내장을 비집어 꺼내라!"

3만에 달하는 마수가 오로지 랜달프 브뤼시엘 하나를 잡고자 달려들었다.

혼자서는 한계가 있다. 과연 3만에 달하는 마수를 홀로 죽이기엔 역부족이다. 초월자의 영역에 들었대도 나는 어디까지나 개인이었다.

물론 어중간한 수천의 마수쯤이라면 상대하지 못할 것도 없으나 제법 격이 높은 마수들이 눈에 띄었다.

그럼에도 내가 나선 건, 간단하다.

'마르틴이 이곳에 있다.'

다른 이유는 필요 없다. 마르틴이 내 시야 속에 있었다.

굳이 다른 3만의 마수를 처리할 필요가 없었다. 놈만 죽이면 된다.

'저 중 절반은 한국에 방생되어 있었던 마수다. 마르틴이 죽고 제어권이 사라지면 자기들끼리 싸우다가 자멸할 터.'

마르틴만 처리하면 다른 마수들은 굳이 내가 손을 댈 필요가 없었다. 자기들끼리 알아서 싸우다가 끝을 맞이할 텐데 무엇 하러 손을 더럽히겠는가.

'장관이로군.'

미소를 잃지 않으며 나를 향해 다가오는 마수들을 바라봤다.

홀로 저만한 대군과 맞선 적은 처음이었다.

전생에서도 몇 번이나 꿈꿔온 장면이지만 자신의 한계를 알았기에 실천은 못한 그런 상황이 지금 눈앞에서 펼쳐지고 있었다.

나는 강해졌다. 전생과는 비교도 안 될 만큼!

강해진 이후 바라보는 세상은 약할 때와는 확연한 차이가 있었다. 그만한 여유가 생겼고 대처하는 방법을 알게 되었으니까.

나는 양손을 펼쳤다.

화르르륵!

오만의 불꽃이 전신에서 솟아올랐다.

동시에 몸속에서 아직은 어색한 권능 하나가 떠올랐다.

바로 '지배의 권능'이었다.

'적을 빈사 상태로 만들 시 낮은 확률로 상대를 지배하는 스킬. 대군과 싸우니 이제야 발동이 되는 모양이군.'

홀로 대군을 상대할 때 이보다 적합한 스킬이 있을까?

크르르르르!

뇌신도 잔뜩 흥분한 기세로 튀어나왔다. 불과 번개가 내 주변을 아롱이며 언제든지 쏘아질 준비를 하고 있었다.

'그럼…….'

고개를 한 차례 꺾었다. 그리고 황제의 검과 분노를 잡았다.

'시작해 보자, 마르틴.'

네가 이길지, 아니면 내가 이길지.

고양된 나의 감정이 분노를 떨게 만들었다. 직접적인 나의 무력을 적나라하게 보이는 건 판데모니엄에게 좋은 정보가 될 테지만, 반대로 그만한 억제력이 될 수도 있었다.

마르틴까지 잃은 판데모니엄은 행동을 주춤거릴 수밖에 없었다. 여태껏 누적된 피해는 상상을 초월할 정도이니 회복하는 데 전념할 것이다.

그사이 더욱 치고나가는 게 나의 목표였다. 아니, 틈을 노려 판데모니엄을 집어삼키는 것도 충분히 가능한 일이었다. 마르틴이 없으면 자신의 최후를 '예지'하는 건 불가능하므로!

'나 홀로 움직이면 예지에 걸릴 확률이 낮아지지.'

나는 마르틴이 무엇을 예지할지 대략적으로나마 예지할 수 있었다. 수많은 마수가 함께 움직였으면 마르틴은 이곳에 나타나지 않았을 것이다. 하지만 나 혼자 움직였기에 마르틴은 약간의 위험을 감수하고 이곳에 왔다.

하지만 이는 나에게도 상당한 도박이었다.

오늘 마르틴을 놓치게 된다면 판데모니엄의 공격은 더욱 집요해질 것이며 대처하기 힘든 수를 사용할 것이었다.

그러니 반드시 마르틴을 잡아야만 했다. 후에 내가 대군을 움직이더라도 마르틴의 예지에 걸릴 수가 있으니 말이다.

"조무래기들은 꺼져라."

쿠우우웅!

전신의 마력을 개방시키고 주변으로 발산했다. 내 영향력은 반경 수 ㎞까지 퍼져 나갔다. 동시에 모든 마수와 마르틴이 전율하며 아주 찰나지간 움직임을 멈췄다.

그리고 그 시간 동안 내 마력을 견디지 못한 마수들은 알아서 떨어져 나갔다. 애당초 나와 마르틴은 같은 던전의 주인이었고 같은 권능으로 전혀 다른 힘을 사용하자 격이 낮은 마수들은 견디지 못한 것이다.

최하급과 하급은 아예 겁에 질려 뒷걸음질을 쳤다. 그러다가 뒤쫓아 오는 마수들에게 밟혀 대다수가 최후를 맞이했다.

나는 그제야 발을 움직였다. 땅에 딛고 있던 다리가 움직일 때마다 마력의 파장을 낳았으며 내 주변의 모습이 마치 환영처럼 일렁거렸다. 마력이 과도하게 집중되자 이러한 현상이 나타났다.

그만큼 내가 가진 마력의 밀도가 높다는 방증이었지만.

오만의 불꽃이 점점 커져만 갔다. 불꽃으로 이루어진 날개는 이내 하나의 산처럼 커져서 한 번 펄럭일 때마다 수십의 마수를 집어삼켰다.

모든 마력을 개방한 현재의 최종 형태와 같았다. 그리고 당연히 이 마력은 뇌신에게까지 영향을 끼쳤다.

콰아아아아아앙!

뇌신은 말 그대로 번개의 신이 되어 있었다. 뇌신이 지나갈 때마다 그 자리엔 천둥이 휘몰아쳤다. 수십, 수백 갈래의 번개는 단번에 적군을 태웠고 뇌신은 하늘을 노니며 계속해서 천둥을 형성해 내는 중이었다.

하늘엔 뇌신이, 지상엔 오만의 날개가!

그 둘을 움직이는 자는 나 혼자일 따름이었다.

콰앙!

가장 먼저 내게 당도한 건 트윈 헤드 오우거였다. 초월적인 힘으로 나를 내리눌렀지만 오만의 날개가 주먹을 막았다. 도리어 트윈 헤드 오우거에게 강력한 불을 선사했다.

끄어어어억!

오만의 불꽃은 내가 명하지 않는 이상 절대로 꺼지지 않는다. 트윈 헤드 오우거의 상반신을 잠식한 오만의 불꽃이 조금씩 전신으로 퍼져 나갔다. 나는 분노를 들어 몸부림을 치는 녀석의 심장을 찔렀다.

['지배의 권능'이 발동되었습니다. 두 개의 심장 중 하나를 잃은 트윈 헤드 오우거가 앞으로 '랜달프 브뤼시엘'을 따르게 됩니다.]
[권능은 상대의 정신을 천천히 침식합니다. 처음에는 다소 반항적일 수 있으나, 결코 그 주인 된 자에게 해를 끼치지 못할 것이며 시간이 흐른 뒤엔 완전한 복종을 하게 될 것입니다.]

운이 좋았다. 처음으로 손을 쓴 녀석에게 권능이 발현된 것이다.

나는 녀석의 몸에서 오만의 불꽃을 지웠다. 이윽고 자리에서 일어난 트윈 헤드 오우거는 매우 복잡한 눈빛을 짓고 있었다.

여전히 내게 적대적이었으나, 신체는 달랐다.

"나를 공격하는 자들을 공격해라."

명령을 주입시키자 트윈 헤드 오우거가 즉시 움직이기 시작했다. 자신의 몸이 마음껏 날뛰니 당황한 표정이지만 커다란 주먹은 이미 주변의 마수들에게 향하고 있었다.

쿠웅! 쿠웅!

연달아 직격된 주먹질에 앞서 나오던 오크들이 묵사발이 되었다. 같은 편이 공격을 하니 마수들도 바로 대처하지 못했다.

'재미있군.'

이런 식이었던가.

사용하기에 따라서 더 재밌는 일을 많이 만들 수 있을 듯하다.

그러려면 더욱 많은 마수를 내 권능으로 말미암아 끌어들일 필요가 있었다.

공짜로 마수를 얻는 셈이니 더욱 즐기는 맛이 있을 것 같았다.

분노와 황제의 검이 한 번에 움직였다. 하이엔달의 검술이 매끄럽게 펼쳐졌다. 달을 품고자 하였던 하이엔달과 다르게, 비슷한 움직임이나 내 검술은 조금 더 포악했다.

마치 달을 쪼갤 듯이 움직였다.

하이엔달의 검술 본연의 모습에 내 의지를 담을 만큼 솜씨가 좋아진 덕이다.

콰릉!

사방에서 덤벼드는 마수들이 오합지졸처럼 썰려 나갔다.

그러나 역시 귀찮다. 하여 나는 전각을 밟았다. 발을 강하게 대지에 꽂아 넣자 그 힘의 여파로 땅이 들렸다.

이어 하나의 벽처럼 땅이 솟았고 마수들이 나뉘었다. 그런 행위를 두 번 정도 반복하자 크게 두 갈래의 길이 생겨났다. 그 길을 따라 마수들이 공격하니 훨씬 질서정연해 보였다.

나는 냉소를 지었다. 하지만 평소의 웃음보다 훨씬 쾌활했다.

해방감!

그렇다. 나는 지금 해방감을 느끼고 있었다. 이처럼 전신의 힘을 개방하여 싸운 건 오쿨루스를 상대할 때 이후 처음이다.

특히 초월자가 된 다음에는 그럴 기회가 아예 없었다.

어느 정도일까. 내가 가진 모든 걸 해방시키면 얼마나 파괴력이 있을까.

매일 상상만 했다. 그리고 지금 그 상상이 현실이 되어가고 있었다.

'내게 불가능이란 없다.'

모든 것을 이루고 행할 수 있을 것 같은 자신감.

실제로 나는 그만한 힘이 있었다.

상상은 도리어 축소되었으며 현실에서 나는 훨씬 강했다.

이것이 초월자의 힘인가.

나 스스로가 전율이 일었다.

정작 나를 지켜보는 마르틴은 어떠한 기분일지 조금은 상상이 되었다.

암담하겠지.

가슴이 울렁이며 눈앞이 하얘질 것이다.

전생에서 나 또한 그런 적이 몇 번 있었다. 주로 대공을 상대할 때였다.

'내가 이겼노라.'

시작하기 전에는 반신반의였다. 하지만 이제는 확실해졌다. 이 싸움은 내 승리로 끝날 것이라고!

검을 놀릴 때마다 권능도 함께 발현되었다. 그럴수록 같은 편을 죽이는 마수의 숫자가 늘어났다.

대혼란이 중첩되며 나는 어느새 마르틴의 지척까지 다다른 상황이었다.

"이놈…… 랜달프 브뤼시엘!!"

마르틴이 경악에 찬 외침을 토했다.

믿기지가 않았다. 믿을 수가 없었다.

이 정도의 마력. 이 정도의 존재감…….

마계에 있을 당시 대공들에게서나 느꼈던 압도적인 힘!

지구에 온 이후 그들은 약해졌다. 빠르게 힘을 회복해 나가고는 있었다. 그러나 아직 그 누구도 벽을 넘어서지 못했다.

한데, 넘었다. 벽을 넘고 한참은 더 갔다.

왜 예지가 안 되었는가.

'나의 예지는 어디까지나 현실을 테두리에 놓고 진행된다. 초월자란 비현실적 존재. 예지할 수 있을 리가…….'

놈이 다수의 마수와 움직였다면 가능했을지도 모른다. 그런데 자신의 예지를 간파하기라도 한 듯이 놈은 혼자서 움직였다.

랜달프 브뤼시엘.

어째서 오쿨루스가 지목하고, 아리엘 디아블로가 신경을 썼는지 솔직히 이해가 제대로 되지 않았었다. 심지어 판데모니엄마저 곱씹고 있을 수준이었다.

누구보다 많은 포인트를 지니긴 했으나 마계는 힘이 곧 율법이다. 정작 본인의 힘은 크지 않다고 여겼건만.

아니다. 잘못 봤다. 예지가 가능하다며, 모든 걸 바로 볼 수 있다며 자만했던 이 눈을 파내 버리고 싶었다.

놈은 이미 일인군단이었다. 어찌 된 일인지 놈이 검을 휘두를 때마다 그에 맞은 마수들이 같은 편이 되어 움직인다.

던전 마스터의 권한으로 마수들에게 명했으나, 이미 한 번 놈의 편이 된 마수들은 전혀 명령을 듣지 않았다.

'믿을 수 없다.'

마스터의 권한을 넘어선 권능이라니!

이만한 힘과 권능을 한 마족이 지니고 있다는 게 믿기지 않았다. 하나…… 눈앞에 있다. 그렇다면 이것은 현실이었다.

화가 났다. 배도 아팠다. 완전한 예지, 그 하나를 얻고자 자신은 온갖 위험과 도박을 일삼고 있건만, 놈은 처음 등장했을 때부터 마족 모두를 비웃으며 상상을 초월하는 무언가를 하나씩 얻어갔다.

대체 어떻게?

짐작도 되지 않았다.

강해진다는 건, 무언가를 얻는다는 건 한계가 있게 마련이었다. 특히 같은 시간을 사용해서 달리면 아무리 빠르더라도 시야 안에 있게 마련이었다.

놈은 시야 바깥을, 심지어 도착점마저 아득히 뛰어넘은 상태였다.

그러니 어찌 쉬이 믿기겠는가.

"이놈…… 랜달프 브뤼시엘!!"

절망을 쏟아냈다.

그제야 예지 하나가 발동되었다.

'이곳에서 죽으리라'는 불변의 예지!

이를 갈았다. 그렇다고 가만히 죽어줄 수도 없었다.

"시간의 축을 변경한다. 너와 나의 흐름은 다르게 가리라."

마르틴이 소유한 최강의 스킬. '시간의 축(Epic)'이 발동됐다.

반경 3㎞ 이내의 모든 시간을 뒤죽박죽으로 만드는 스킬.

누구는 빨라지고, 누구는 느려지며, 누구는 움직이지 않게 된다. 오로지 자신만 본연의 시간 속에 있는 게 가능한 스킬로서 대상을 지정할 수는 없고 도박과 같은 스킬이었지만 반대로 자신이 살아날 가능성도 높아진다.

한데…….

['시간의 축(Epic)'이 '심안'에 의해 간파되었습니다.]

[방어율 50%!]

[방어율 13%. 상대의 높은 지능과 마력의 보정으로 '시간의 축'이 전체 무효화됩니다.]

"뭐……?"

아예 무효화를 시켜 버렸다.

이미 발동되기 시작한 스킬을 없던 걸로 되돌리다니. 스펠 브레이커가 아닌 이상에야 가능한 일인가?

하지만 놈은 웃었다.

이럴 줄 알았다는 듯이.

오로지 직선으로 검을 휘두르며 다가왔다.

피할 것인가?

이미 늦었다.

마르틴은 들고 있던 지팡이를 휘둘렀다. 실체를 가진 환영들이 소환되며 놈의 앞을 막아섰다.

[환영술(Epic)'이 '심안'에 의해 간파되었습니다.]

"미친……."

모든 게 간파되었다.

그야말로 최악의 상성.

거기다가 힘마저 압도적으로 차이가 나니…….

"완전한 예지를 얻기 전까지 죽을 순 없단 말이다!"

마르틴이 이를 갈았다.

Dungeon Hunter

분노와 황제의 검을 털어냈다.

마르틴을 잡았다. 동시에 마수들이 미쳐 날뛰기 시작했다.

나는 마르틴의 양쪽 눈을 도려냈다.

'가파람에게 주면 좋아하겠군.'

예지가 가능하게 해주는 눈이다. 죽어서 효력이 거의 사라졌다지만 다시금 정제하면 상당한 능력의 회복을 기대할 수 있을 터. 호문쿨르스의 재료로 사용하게 한다면 상당히 좋아할 듯싶었다.

눈을 마법 주머니에 넣은 뒤 오만의 불을 껐다. 뇌신도 얌전히 내 품에 돌아왔다.

'이제 성녀를 봐야겠다.'

변화의 도중 갑작스럽게 뛰쳐나왔다. 결과가 어찌 되었을지 슬슬 확인을 해야 했다.

나는 미련 없이 등을 돌렸다. 이후 성녀가 있는 장소를 향해 빠르게 달려 나갔다.

김유라는 쓰러져 있었다. 몸은 모두 회복되어 있었고 마력과 신성력이 뒤섞여 어느새 안정을 되찾은 모습이다. 불안한 모습일 줄 알았건만 오히려 상당히 조화가 되어 있었다.

'조화의 성녀라니.'

심안을 열어 상태창을 확인하곤 피식 웃었다.

직업란에 적힌 '조화의 성녀'라는 것이 상당히 거슬렸다. 타락이나 그런 것을 반쯤 기대했으나 전혀 다른 게 나온 것이다.

내 마력이 그만큼 순수했기 때문에 가능한 일이었으리라.

'계약은 끝났다. 넌 이제 나의 것이다.'

어쨌거나 성녀를 얻었다. 나쁘지 않은 수확이다.

나는 김유라와 김민지를 양어깨에 얹었다. 그리고 던전으로 돌아갔다. 처음으로 전신의 힘을 개방했더니 살짝 피로감이 있었던 탓이다.

'뒤처리는 이히에게 맡겨야겠군.'

Chapter 59

신성지대

Dungeon Hunter

이히는 신이 났다.

기간테스의 만류에 반쯤 억지로 만든 정원. 던전 마스터의 화를 사게 되리라고 발을 동동 구르고 있었는데 도리어 칭찬을 받았다. 한데 그로도 모자라 이번에는 일의 '뒤처리'를 해 달라는 부탁 아닌 부탁을 받았다.

"이히히히~"

연신 싱글벙글 웃으며 이히가 기간테스의 머리 위를 배회했다. 일을 맡겼다는 건 그만큼 신뢰한다는 증거다. 크리슬리보다도 자신을 먼저 찾은 걸 보면, 어쩌면 믿음의 순위가 역전된 건 아닐까?

드디어 자신의 진정한 가치를 던전 마스터가 깨달은 것이라고 생각하니 도저히 미소가 입가를 떠나지 않는 것이다.

"작은 요정! 시끄럽다!"

하지만 기간테스는 그렇지 않은 모양이었다.

"뭐, 왜, 뭐, 이히는 하나도 안 시끄럽거든? 이히히히!"

"내 머리 위에서 꺼져라!"

"대머리 주제에! 흥! 이히는 마스터의 신임을 한 몸에 받는 분이란 말씀이야. 이히가 머리 위에 있음을 고맙게 여기진 못할망정 말이야!"

"미친 요정!"

"이히한테 지금 욕을 한 거야? 씨잉…… 못된 대머리!"

이히가 고사리 같은 주먹을 들어 기간테스의 머리를 마구 내려쳤다. 격이 오르며 물리력을 행사할 수 있게 된 이히다. 주먹 하나에도 상당한 힘이 실렸다. 기간테스는 오만상을 찌푸리며 머리를 마구 털어냈다.

"대머리! 평생 대머리로 살아라, 나쁜 대머리야. 흥, 이히는 이제 던전 마스터께서 '직접' 맡기신 뒤처리라는 걸 하러 가야겠어. 대머리는 이게 얼마나 중요한 일인지 알려나 몰라? 이히히히히히!"

"정신 나간 요정."

정작 무엇을 해야 될지 감은 잡히지 않았지만 이히는 일단 기간테스를 놀리고 보았다. 기간테스는 그런 이히가 마음에 안 든다는 듯 고개를 획 돌려 버렸다.

"이히히히히~"

그래도 마냥 좋기만 한 이히였다.

마수들의 습격. 그리고 이어진 싸움.

서울특별시에 있었던 각성자들이라면 모두 그 소리를 들었다. 연달아 치는 번개 소리와 화염의 날개를 본 이들도 적지 않았다. 특히 진절머리가 쳐지는 마력은 모르려야 모를 수가 없었다.

대체 무엇이었을까.

각성자들은 즉시 팀을 꾸려서 탐사를 나섰다. 그리고 마수들의 시체가 산처럼 쌓여 있는 걸 목격하곤 모두 할 말을 잃었다.

"서로 싸우다가 죽은 모습이군요."

"현장을 보면 꼭 그렇지도 않은 것 같습니다. 가장 먼저 죽어 나간 마수들……. 마치 누군가, '한 명'을 상대하다가 죽은 모습이지 않습니까?"

"이만한 마수를 상대로 혼자요?"

"멀리서 화염의 장막 같은 걸 본 사람도 있다고 합니다. 벼락도 연달아 쳤고요. 그런 힘을 사용하는 자……. 구세주입니다. 구세주께서 마수들을 쓸어버린 겁니다."

이내 정신을 차리고 현장 탐사를 시작하며 여러 의견이 나왔다. 가장 유력한 건 역시나 '구세주의 출현'이었다. 수만의 마수를 홀로 상대할 수 있는 자는 구세주 외에 없다.

"마족을 발견했습니다. 그런데 양쪽 눈이 뽑혀 있습니다."

"일단 확보해 두지요."

마족의 시체를 확보한 건 처음이었다. 탐사에 나선 대원들 모두가 흥분했다. 일반적인 마수의 시체도 재료가 되거나 스킬의 숙련도를 올리거나 하는 데 사용되었다. 한데 마수들을 이끄는 마족의 시체는 얼마나 대단할지, 상상만으로도 입가에 침이 고이는 것이다.

대원들은 각자 마수의 숫자를 새거나 마수의 종류를 수첩에 적어 나갔다. 보고할 내용으로 사용하기 위함이었다.

그렇게 몇 분 정도가 지났을까.

"······쿨럭!"

몇몇 대원이 피를 토하기 시작했다. 얼굴은 순식간에 환자처럼 새파래졌고 손과 발이 떨려댔다. 난데없이 이런 증상을 일으키는 것이라면 한 가지밖에 없었다.

"독······!"

"무슨 독이죠? 시독?"

"시체들은 죽은 지 이틀이 넘지 않았습니다. 시독은 아닙니다. 누군가가 독을 살포한 게 분명합니다."

그것도 아주 강한 독이었다.

언저리의 마수들은 독에 의해 피부가 녹아내리고 있었다.

가죽이 약한 마수들의 경우엔 진즉에 녹아내렸는지 아예 모습을 확인할 수 없었다. 그래서 발견이 늦은 것이다.

이만한 독이 살포된 대지. 다시 살릴 수는 없었다.

"아악!"

하나 그게 끝이 아니었다.

무언가가 대원들을 습격했고 사망자가 속출됐다.

"마수! 땅 속에 마수가 있습니다!"

"젠장, 포이즌 고블린입니다!"

포이즌 고블린.

독과 시체를 먹고 사는, 그야말로 뒤처리에 적합한 마수의 종류였다. 자신의 영역에 관해선 강한 집착도 있는지라 포이즌 고블린이 서식하는 장소에는 어지간하면 가지 않는 게 답이었다.

결국 대원들을 이끌던 팀장이 입술을 깨물며 말했다.

"돌아갑시다. 이곳은…… 죽음의 땅이 되었군요."

이히가 어깨를 주물렀다.

"아유~ 귀찮아. 뒤처리라는 게 생각보다 힘들구나."

이후 숲으로 돌아가 꿀벌들이 열심히 따놓은 꿀통을 솎아 냈다. 그중 가장 맛있어 보이는 꿀통만 손에 들고 나머지는 바닥에 내팽개친 다음 조막만 한 컵을 소환했다.

수많은 꿀벌이 버림받은 꿀통 주위만 서성대며 어쩔 줄 몰라 하는 사이, 이히는 꿀과 물을 황금 비율로 섞어 즉각 마셨다.

"아, 맛있어. 역시 일을 한 뒤에 마시는 꿀물은 정말 꿀맛이야."

시원하게 꿀물을 들이켠 이히가 턱을 쓸었다.

"뒤처리라는 말은 광범위하니깐 말이야. 이히에게 설마 시체 처리만 맡겼겠어? 분명히 다른 것들도 포함된 지시일 거야. 그러니깐, 음……."

마스터의 지시를 들었을 땐 기뻤지만 막상 현장에 당도하자 조금은 실망한 이히다. 하지만 스스로 나름의 타협점을 만들어 또 다른 '뒤처리'를 하자고 마음먹었다. 그러니까 마스터가 남기고 간 것들을 처리하는 게 역할이었다.

이히는 슬쩍 고개를 돌려 아까부터 자신을 따라다니던 시선을 마주했다.

"꼬맹이 천사네? 너, 이름이 뭐니?"

"하시."

입이 짧다. 크기도 이히보다 조금 더 큰 정도였다. 날개만 많았다.

이히는 고개를 끄덕였다.

"하시? 아~ 네가 하쉬구나?"

"꺄아~"

자신을 알아보자 하쉬가 이히의 근처로 날아왔다.

"이히히히, 이히랑 같이 다니고 싶은 거니?"

"우웅."

하쉬가 동의하는 듯한 행동을 보이자 이히가 입가에 미소를 지었다.

"좋아, 원래는 안 되는데 특별히 이히가 봐줬다. 그럼 어딜 가 볼까? 음…… 아! 인간들을 보러 가자. 인간들은 정말 재밌거든. 이히히히히~ 로이랑 로제를 골려주는 재미도 있을 거야. 막 기대되지 않니?"

"우웅."

"이히히히히."

뒤처리를 하겠다는 생각이 하쉬를 본 순간 날아간 이히였다.

그렇게, 인간들에게 악몽으로 기록된 '하늘을 나는 요정과 아기 천사의 공포'가 시작된 순간이었다.

Dungeon Hunter

김유라와 김민지.

둘을 눕혀놓고 가만히 살펴보았다.

일단 김유라는 겉모습이 완전히 회복되었다. 불구였던 모습은 전혀 보이지 않았다. 도리어 깨끗하고 청순한 이미지로 새롭게 태어났다. 과연 '성녀'라는 단어가 나올 정도는 되었다.

반면 김민지는 어떤가.

하반신을 잃은 채 겨우 살아만 있는 모습이다.

'인간은 하반신 없이 살 수 없지.'

이미 상처가 전부 아물어서 떨어진 하반신을 붙이는 일은 요원해졌다. 그나마 가능성이라면 아예 만들어버리는 것인데, 과연 그만한 값어치가 있을지는 의문이었다.

'김유라는 조화의 성녀가 되었다. 그녀의 동생은…… 살려는 주었으나 다시 죽는 건 내가 관여할 일이 아니지.'

약속은 지켰다. 어디까지나 나는 죽어가는 김민지를 살려주었고 생명이 다해서 다시 죽는 건 알 바가 아니었다.

하지만…… 묘하게 걸린다.

"타쉬말."

나는 타쉬말을 호출했다. 계속해서 머리끝을 건드는 감각. 나는 알지 못하지만 타쉬말은 알 수도 있었다.

"무슨 일이지?"

천사들의 양육으로 한창 바쁜 타쉬말이었다. 살짝 피곤한 기색으로 나타난 타쉬말에게 나는 바로 용건을 말했다.

"느껴지는 게 없나?"

"성녀 말인가? 흠, 확실히 묘한 느낌이로군. 일반적인 성녀는 아닌 것 같은데."

"성녀 말고 그녀의 동생 쪽 말이다."

"동생 쪽……? 다리 없는 인간 말이냐?"

고개를 주억이자 타쉬말이 시선을 옮겼다.

동시에 타쉬말은 미간을 찌푸렸다.

"이건…… 이상하군. 성녀가 아닐진대 성녀와 비슷한 신성력을 머금고 있다. 정확히 말하자면 그녀의 언니 쪽과 아주 흡사하다."

"무슨 뜻이지?"

"서로의 신성력이 이어져 있다는 것이다. 아마도, 신성력뿐만이 아니라 생명 역시 이어져 있을 가능성이 높다. 대신 그만큼 효율적이며 강하지. 이런 경우는 처음 보는지라 확답은 내릴 수 없겠지만, 내 생각이 확실하다면 둘의 힘은 성녀로서 상당히 상위 레벨이 될 것이다. 대신 둘이 떨어져 있으면 힘이 줄어들겠지."

이건 또 뜻밖의 수확이었다.

나를 간질이던 느낌이 바로 그것이었나.

워낙 비슷하고 김민지가 가진 신성력이 적었던지라 알아차리지 못했다.

한데 조건이 까다롭다. 몸은 둘이지만 생명은 하나이고, 서로가 항상 밀접하게 있어야 한다는 뜻이므로.

"둘을 훈련시킬 수 있겠나?"

타쉬말에게 물었다. 내가 신성력을 사용하는 법을 알려주는 건 불가능하다. 가르칠 이라면 타쉬말 외엔 없었다.

"던전 마스터여, 나보단 그대가 어울릴 것이다. 왜인지 모르겠지만 이들이 가진 건 신성력만이 아니다. 마력도 품고 있지. 두 가지 힘이 동시에 존재하는 건 원래 불가능한 일인데…… 동생은 마력을, 언니 쪽은 신성력을 더욱 많이 품고 있다. 두 개의 몸이 서로 다른 역할을 수행하고 있다고 보면 된다."

아아, 그런 식으로 조화가 되었던가.

그러면 내가 훈련시키는 게 아예 불가능하지는 않을 것이었다.

'하반신을 만들어줘야겠군.'

둘이 하나라는 걸 알았으니 마냥 이유가 없지는 않았다.

번거롭지만 가파람과 오스웰에게 말하여 적당히 기능하는 하반신을 만들도록 해야겠다.

"그보다 던전 마스터여, 이번에 공작을 잡았다고 들었다."

"마르틴을 죽였지."

"그럼…… 놈의 던전은 어찌할 셈인가?"

"따로 계획한 건 없다. 그런 건 왜 묻지?"

타쉬말의 표정이 한층 더 진지해졌다. 잠시의 정적이 오갔고 타쉬말은 매우 진중하게 입을 열었다.

"그 던전을…… 천사들에게 내어줄 생각은 없는가?"

"신성지대로 선포하게끔 놔두라?"

"맞다. 나는 틈틈이 세계의 천사들을 주시했고 그들이 각개격파 당하고 있다는 사실도 알게 됐다. 마음에 들지 않는다. 뭉칠 구심점만 있다면 마족 따위에게 당하고만 있지는 않을진대. 아, 그대는 제외하고 말이지."

급히 갖다 붙인 기색이 역력했지만 넘어가 주었다.

"던전을 얻는 이상으로 내가 얻을 이득이 있다면 생각해 보겠다."

하지만 단순한 호의로 던전을 넘겨줄 만큼 나는 착한 마족이 아니었다. 물론 신성지대로 선포될 경우 마족들이 자동으로 견제되는 이득은 있겠지만 부족했다.

타쉬말은 복잡한 눈빛으로 말했다.

"머지않은 날에…… 카마엘 님께서 강림하신다. 치천사의 위계를 가진 7대 천사 중 하나인 그분께서 지구의 정화를 위해 몸소 오실 것이다. 그분을 맞이할 장소가 필요하다."

눈썹을 찌푸렸다.

치천사. 상급 위계 중에서도 가장 위에 있는 강력한 천사를 일컫는 단어다. 전생에서도 단 한 차례 본 적 있는 치천사급의 천사가 지상으로 강림한다?

하물며 그것을 타쉬말이 알고 있는 것도 이상했다. 지구에 강림하거든 모든 마족을 쓸어버리기 전까지 천계로 돌아가는 게 불가능한 것이 천사다. 천계와의 통신도 두절되며 연락할 방법이 아예 사라지는 게 정상일진대 어떻게 알고 준비를 한다는 걸까?

"확실한가?"

"'계시'를 받았다."

"타락한 천사인 네가?"

하!

헛웃음을 흘렸다. 천계의 율법은 매우 엄격하다. 타락한 천사는 같은 천사로서 간주하지 않는다. 하물며 마족으로 인해 타락했으니 같은 취급을 받아도 이상할 게 없건만.

계시라니!

신의 목소리를 직접 듣는 행위인데 천계의 신이 그토록 대범한 신이었던가? 그랬다면 전생에서 숱하게 많은 천사가 죽어 나갈 때 진즉 개입을 했어야 옳다.

타쉬말도 내 심정을 이해는 했는지 어렵게 말을 이어 나갔다.

"계시는 진짜다. 태양이 달을 삼키는 그날, 카마엘 님께서 강림할 것이란 계시를 받았다."

나는 유심히 타쉬말을 살폈다. 던전 마스터인 내게 거짓을 고하지는 않았을 것이고 진짜라면 정말 어이가 없는 일이었다.

'카마엘, 카마엘이라.'

치천사의 위계를 가진 천사는 천계에 7명이 있다고 들었다. 전생에서, 최후의 전쟁이 들어갈 막바지에 자드키엘을 본 적이 있었다. 공작 세 명과 여러 마족을 불태우며 강렬한 인상을 남긴 천사였다. 한데 그와 비슷한 힘을 가진 천사가 지금 시기에 강림한다고?

'균형이 무너지겠군.'

아직 마족들은 궤도에 오르지 못했다. 이제야 달리기를 시작할 무렵이다. 카마엘이 강림하면 대공들도 무사하진 못할 것이었다.

"태양이 달을 삼킨다는 게 무슨 뜻이지?"

"모르겠다. 계시는 항상 추상적이니라. 하나…… 내가 본 것은 무시무시한 것이었다. 세계가 멸망하는 정도의……."

타쉬말이 말을 삼켰다. 살짝 긴장한 게 느껴졌다.

"정확한 시기는 알지 못한다는 거로군."

그 부분이 제일 중요했는데 아쉬웠다.

나는 고민하지 않을 수 없었다.

계시가 진짜일 경우, 카마엘이 강림한다. 그러니 먼저 강림할 장소를 봐놓는 건 나쁜 선택은 아니다. 무작위로 소환되면 더욱 골치가 아파질 가능성이 높았다. 그러니 내 시야에 닿는 곳에 놔두는 게 현명한 선택이었다.

문제는 그런 식으로 신성지대가 선포되면 먼저 천사들이 결집한다는 것이다. 과연 내가 감당할 수 있을 것인가도 한 번쯤 따져 볼 사안이었다. 아무리 현명한 선택일지라도 내가 감당 못해선 주객이 전도된다.

"카마엘은 강한가?"

자드키엘은 강했다. 지금의 나보다도. 놈은 하늘을 뒤덮을 정도로 거대했다. 일반적인 천사의 형태도 아니었다. 둥그런 행성과 같은 모습으로 끊임없이 광선을 쏘아댔는데, 그 하나하나가 섬 하나를 없애버릴 위력을 가지고 있었다.

그래서 묻지 않을 수 없었다.

"그분은 불사다. 114만의 부하 천사를 없애지 않으면 죽어도 죽지 않는다."

"114만……?"

단위가 다르다. 지금 내가 가진 휘하 마수를 다 합쳐도 100만은 되지 않는다. 기껏해야 십수만이나 될까.

그런데 114만에 달하는 부하 천사들을 먼저 죽여야 한단다. 아득함을 넘어서는 일이었다.

"말인즉, 114만의 천사와 함께 강림한다는 거냐?"

타쉬말이 고개를 끄덕였다.

"그렇다. 달을 삼킨 태양을 단죄하고자……."

"잠깐, 목적이 마족이 아니었던가?"

태양이 달을 삼킬 때 카마엘이 강림한다고 했다. 한데 타쉬말의 말을 들어보면 카마엘이 강림하는 이유가 꼭 그 태양 때문인 듯했다.

"안타깝게도 내가 아는 건 여기까지다. 이 이상은 답해주고 싶어도 해줄 수가 없다."

쯧.

작게 혀를 찼다.

어중간하기 짝이 없는 정보다.

하여튼 카마엘이 114만의 천사와 함께 강림한다면, 하물며 그 114만에 달하는 천사를 먼저 죽여야만 본체를 죽일 수 있다면 이야기는 달라진다.

'퍼지면 곤란하지. 필히 신성지대로 지정해 줘야겠군.'

114만이다. 저번에 천사들이 내려올 때처럼 무작위로 선정되면 다 찾을 도리가 없다.

물론 아무런 생각 없이 내주진 않을 것이다. 몇 가지 조치를 취하고 강림하는 순간 바로 알 수 있게끔 만들 셈이었다.

더불어…….

'카마엘은 내가 잡는다. 마왕이 되기 전의 업적으로 아주 좋지 않은가.'

강림을 한다고 하더라도 당장은 아닐 테다. 시간은 분명히 있었고, 그사이 더욱 강해져서 카마엘을 잡는다. 그리 되면 지금 있는 대공들 중에선 누구도 달성하지 못한 정통적인 업적을 달성하는 것이었다. 내가 마왕이 되더라도 마계의 누구도 감히 반론을 펼치지 못하리라.

7대 천사 중 하나를 잡았으니 마왕의 자격으론 충분했다.

그리고 궁금하기도 하였다. 초월자에서 한 걸음 더 나아간 내가 치천사와 맞붙으면 이길 수 있을지 말이다. 전생에서 본 파괴력과 비슷하다면 살 떨리는 전투가 될 터였다.

"좋다. 신성지대로 선포하게 해주마. 하나, 그 안에 내 휘하의 천사를 집어넣고 싶은데…… 가능하겠나?"

"다른 천사들은 이미 던전의 마력에 의해 때를 탔거나 반쯤 타락하였다. 그게 가능한 천사는 오로지 하쉬뿐이다. 하쉬라면 천사들도 우대하며 감히 의심하지 않을 터."

"하쉬? 아직 너무 어리지 않은가."

고작 반년도 안 됐다. 이제 겨우 단어 하나를 뗄까 말까 한 어린 천사가 하쉬였다. 잠입을 시킨다고 해도 제대로 된 임무 수행 능력은 기대할 수 없었다.

"나머지 천사 중에는 없다. 천사들의 눈썰미를 무시하지 말라. 그리고 한번 크게 의심을 당하면 그대에게 집중적인 공격이 시작될 것이다. 천사를 사육한다는 명분하에 말이다."

과연…….

믿음은 좀체 안 갔지만 하쉬밖에 없다니 별수가 없었다.

"흠, 하쉬를 최대한 훈련을 시키도록. 신성지대의 선포가 끝나는 즉시 들어갈 수 있게 만들라."

길어야 수개월. 그 안에 최소한의 행동력이라도 가지게 하려면 고단한 훈련밖에는 답이 없었다.

"노력해 보겠다."

타쉬말도 반신반의하는 태도였다. 아무리 던전 안에서의 성장이 빠르다지만 그래도 한계는 있게 마련이었다. 어디까지 성장하고 가르칠 수 있을는지는, 오로지 타쉬말의 몫이었다.

나는 몸을 돌렸다. 그러자 타쉬말이 짧게 읍을 하곤 물러났다. 당장 하쉬의 훈련을 시작할 심산인 모양이었다.

'신성지대, 카마엘, 달을 삼킨 태양.'

일이 한 치 앞을 내다볼 수 없게끔 흘러간다. 어디까지나 계시가 확실하다는 가정 아래, 나를 포함한 모든 마족이 급격한 변화를 맞이할 것 같았다.

그나마 나는 정보를 알고 있지만 그렇지 않은 마족들은 카마엘이 강림했을 때 무슨 선택을 할 것인가. 그걸 상상하는 것만으로도 나름의 재미가 있었다.

"으음……."

돌연 미약한 신음 소리가 들렸다.

멀지 않은 장소.

김유라가 깨어난 것이다.

Dungeon Hunter

"민지야!"

잠에서 깨어난 김유라가 상반신을 강하게 들어 올렸다. 자신을 대신해 희생한 동생의 이름을 부르짖으며 눈을 뜨자 익숙하지 않은 광경이 시야에 들어왔다.

"여긴……?"

어둡다. 촛불 하나가 켜져 있긴 했지만 미약하기 그지없다. 습하고 눅눅한 장소. 언뜻 바위 같은 것이 보이기도 하였다.

'잠깐, 목소리가…….'

김유라는 눈을 크게 떴다.

맙소사!

목소리가 정상적으로 나왔다. 잇몸이 녹아서 정상적인 발음이 불가능했는데, 방금 전 자신이 내뱉은 목소리는 정확했다.

"아……."

심지어 다리도 움직인다. 하반신 마비로 휠체어 신세를 져야 했다. 근육을 사용하지 않아서 앙상했던 다리에 왜인지 근육이 붙어 있었다.

김유라는 급히 양손으로 얼굴을 매만졌다. 매끈하다. 화상으로 인해 울긋불긋한 피부가 만져지지 않았다.

'대체?'

인상을 구겼다. 한 손으로 머리를 짚었다. 동시에 어느 기억들이 머릿속으로 쏟아지기 시작했다.

뱀파이어의 습격, 동생의 희생, 그리고…… 웬 남자가 나타났다. 남자는 동생을 살리고 싶으냐고 물었다. 그리고 약병에 든 약을 마셨다.

거기서 기억이 끝났다. 아무리 애를 써도 그다음이 떠오르지 않았다.

"깨어났군."

때마침 자신을 지옥 끝에서 건져 낸 남자의 목소리가 귓가에 들려왔다.

"당신은 누구죠? 내 동생은 어디에 있나요?"

나는 작게 웃었다. 처음 나를 보고 묻는 게 저것이라니. 당돌하기 짝이 없지 않은가.

제법 의연하다. 모르는 장소에서 상상외의 상황과 맞닥뜨렸을 것인데 상당히 당황한 모습을 잘 감추고 있었다.

"자연스럽게 알게 될 것이다. 그보다 자신의 변한 모습을 먼저 감상하는 게 어떤가?"

마법 주머니에서 손거울 하나를 꺼냈다.

이후 엄지와 중지를 스치자 던전이 환해졌다. 작은 빛 무리들이 생겨나며 순식간에 던전을 환하게 비춘 것이다.

김유라도 놀랐는지 토끼 눈을 했다. 엉겁결에 손거울을 받아 들곤 그곳에 비친 자신의 모습을 확인했다.

"이게…… 나?"

믿기지 않는 눈초리다.

하기야 화상에 타버린 그녀의 모습은 원체 끔찍했다.

그런데 지금은 깨끗하고 맑은 피부를 유지하고 있었다. 미의 기준은 인간이나 마족이나 크게 다르진 않았고 단순히 미모만 따지자면 상당한 급을 갖췄다고 할 수 있었다.

하루아침에 전혀 다른 얼굴이 되었으니 놀랄 수밖에.

잠시 감상할 시간을 준 뒤 바로 본론을 말했다.

"너는 조화의 성녀로서 각성했다. 하나, 힘이 폭주했고 나는 너를 살려주었지. 고로, 너의 생명은 나의 것이다."

"잠깐, 잠깐만요. 다시 한 번 물을게요. 당신은 누구죠? 제…… 동생은 어디 있고요?"

"나는 랜달프 브뤼시엘. 누군가에게는 구세주라 불리고, 누군가에게는 던전의 주인이라 불리는 이지. 너의 동생은 안전한 곳에서 회복하고 있으니 걱정 마라."

어차피 김유라와 나의 계약은 완료되었다. 김유라는 내게서 벗어나고 싶어도 벗어날 수 없다. 하여 시원하게 정보를 밝힌 것이다.

"구, 구세주! 당신이 정말로 구세주란 말씀인가요?"

아무래도 뒤의 내용은 크게 귀에 들어오지 않은 것 같았다. 구세주보다 던전의 주인이라는 게 더욱 중요한 점이었건만, 한국의 인간에게 있어서 그만큼 구세주의 영향력이 크다는 방증이었다. 그리고 인간은 보통 자기가 듣고 싶은 것만 들었다. 딱히 부정할 것도 아니기에 고개를 주억였다.

"그리도 부르더군."

"아아……!"

김유라가 전신을 부르르 떨었다.

이윽고 주먹을 꽉 쥔 상태에서 그녀가 이어서 말했다.

"구세주님. 제, 제 동생을 만나게 해주세요, 부디."

"따라와라."

뒷짐을 진 채 앞서 나갔다. 김민지는 현재 가파람에 의하여 여러 가지 조사를 받는 중이었다. 하반신을 새로 맞추는 일이었으니 할 일이 많다는 것 같았다.

가파람의 연구실은 코어에서 제법 떨어진 곳에 있었다. 이동하며 수많은 마수와 마주하게 된 김유라의 얼굴이 새파랗게 질렸다.

"여, 여긴, 혹시…… 던전인가요?"

"그렇다."

오크 로드 하나가 수백의 오크를 끌고 이동하고 있었다.

하지만 오크 로드는 공격은커녕 가까이 다가오더니 나를 보곤 오른손으로 자신의 왼쪽 가슴을 강하게 쳤다.

쿵! 쿵! 쿵!

다른 오크들도 마찬가지였다.

바로 주인 된 자에게 예를 표하는 오크들의 방식이었다.

그것을 본 김유라가 당황하여 물었다.

"그런데…… 왜 오크들이 공격을 하지 않죠? 저 모습은 마치 인사라도 하는 것처럼 보이는데……."

역시 뒤의 말은 듣지 못한 게 분명하다.

두 번 이상 말하는 걸 싫어하는 나이지만 원활한 대화를 위해선 한 번 더 설명해 줄 필요가 있겠다.

"말했지 않나? 누군가에게는 던전의 주인이라 불린다고. 나는 이 던전의 주인이다."

이동하는 동안 김유라는 침묵을 지켰다. 복잡하기 그지없는 눈빛으로 간혹 나를 쳐다볼 뿐 입을 열지는 않았다.

나는 구세주였고, 동시에 던전의 주인이었다.

이는 변치 않는 사실이며 굳이 첨언하고픈 마음도 없었다.

그런 분위기를 풍겼기에 김유라도 재차 묻지 못하고 발만 동동 구르는 것이다.

"여기다."

다크 엘프들이 모여 사는 곳. 근원의 나무가 존재하는 대지에 나는 발을 디뎠다. 도중 만난 수많은 마수보다 이 하나의 존재감이 더욱 컸다.

김유라는 눈을 크게 떴다. 그 끝이 보이지 않는 커다란 나무. 성녀로 각성하며 더욱 마력 등에 친화되었기에 근원의 나무가 주는 신비함을 알아보았다.

"신의 나무……."

김유라가 작게 중얼거렸다.

나는 피식 웃었다.

"그런 거창한 게 아니다."

관점의 차이다. 누가 보면 신의 나무라 칭할 수도 있겠지만 내 관점에서 근원의 나무는 조금 특이한 나무일 따름이었다.

나는 마신을 만났고, 회귀하며 지구의 신들을 만났지만, 그들에게서 이렇다 할 느낌은 받지 않았다. 압박감 정도는 느꼈지만 그게 전부다. 굳이 그들을 높이 사고 우러러보고 싶은 마음은 전혀 없었다.

"오셨습니까, 던전 마스터시여."

가장 먼저 내 존재를 알아차리고 나타난 건 줄리엄이었다. 그의 뒤를 따라 마을의 모든 다크 엘프가 줄줄이 나타났다.

그 숫자가 어림잡아 일천. 아이가 눈에 띌 정도로 많았는데, 확실히 다크 엘프의 규모가 그간 늘기는 늘었다.

동시에 그들이 나를 바라보는 눈빛은 다른 어떤 마물보다 충성심이 깊었다. 이들에게 그만한 혜택을 주었으니 당연한 일이지만 김유라는 그것을 퍽 신기하다는 듯 바라보았다.

"다크 엘프까지……."

다크 엘프는 누군가를 따르지 않기로 유명하다. 그들이 따른다면 그 주인 된 자는 당연히 던전의 주인뿐이었다. 이제는 의심할 여지가 없다는 듯 김유라가 입술을 깨물었다.

그러거나 말거나 나는 바로 본론으로 들어갔다.

"인간 여자를 맡겨뒀을 것이다."

"예, 안 그래도 막 정신을 차렸습니다."

줄리엄이 답했다. 나는 고개를 주억이며 말했다.

"보도록 하지."

"저를 따라오시지요."

줄리엄이 앞장서며 길을 안내했다. 던전답지 않게 숲이 우거진 중심부. 아기자기한 건물들 사이를 오가며 잠시 걷자 줄리엄의 집이 나타났다.

'너스레를 떨었나 보군.'

잠시 맡으라고 한 게 전부인데 줄리엄이 직접 족장인 자신의 집에 김민지를 두고 치료를 병행한 듯싶었다. 엘프나 다크 엘프들은 인간을 극히 싫어하건만. 내가 명했다고 해도 확실히 과장스러웠다.

안으로 들어서자 풀잎으로 만든 침상에 김민지가 누워 있었다. 그 옆에서 다크 엘프 몇몇이 번갈아 가며 죽 같은 것을 먹이는 중이었다.

"……민지야!"

김유라는 벅차오르는 감정을 이기지 못하고 김민지에게 달려갔다. 하지만 무슨 이유에서인지 김민지는 아예 들리지 않는 것처럼 행동했다.

"무슨 문제가 있나?"

김민지의 이상한 태도에 내가 묻자 줄리엄이 어렵사리 입을 열었다.

"그게…… 중요한 것들을 상실한 것 같습니다."

"상실했다?"

"마음…… 이라고 하지요. 왜인지는 모르겠지만 지금은 인형과 크게 다를 바가 없습니다."

눈길을 돌려 김민지에게 시선을 주었다. 김민지는 힘 빠진 마리오네트처럼 아무런 표정 없이 누워 있었다.

마음, 마음이라.

원래는 정상이었다. 물리적 충격 외에 더 큰 충격을 받지는 않았다.

각성하며 문제가 생긴 건가?

"백치가 된 건 아닌가?"

솔직히 마음이라 하면 나는 그게 어디에 있는지, 어떻게 움직이고 있는지 알지 못한다. 하지만 저런 식의 반응은 보통 백치가 된 이들에게서 나왔다.

그러자 줄리엄이 고개를 저었다.

"백치는 아닙니다. 미세하긴 하지만 몇몇 가지에 반응을 했습니다. 한데…… 저 인간 여자와는 피가 이어져 있지 않습니까? 그렇다면 반응이 있을 것인데 없군요."

김유라는 목이 터져라 김민지의 옆에서 울고 있었다. 그럼에도 이렇다 할 반응은 없었다.

"잠시 후에 데려오라. 나는 근원의 나무 근처에 있겠다."

"살펴 가십시오, 던전 마스터시여."

줄리엄이 눈짓하자 다크 엘프 둘이 내 뒤로 따라붙었다. 나는 오른손을 들어 올리며 그들의 동행을 거부했고 홀로 걸어 나가기 시작했다.

이히가 근원의 정령이 되며 근원의 나무와 소통이 가능해졌지만 정작 나무의 주인인 나는 별다른 소통을 한 적이 없었다. 되지도 않았고 특별히 도전을 해본 기억도 없었다.

하지만 카마엘과 달을 삼킨 태양에 대한 이야기를 들어서 인지 잠깐 생각을 정리하며 쉴 장소로 여기밖에 생각나지 않았다.

'나답지 않군.'

나답지는 않았지만 한 번쯤은 감성적이 되어도 나쁠 건 없다고 판단했다. 하여 근원의 나무에 등을 기댄 채 팔짱을 꼈다.

'카마엘, 달을 삼킨 태양······.'

전생에서는 나타나지 않은 강자들. 그들의 출현도 결국 나로 말미암아 생긴 것이었다.

'내가 모든 걸 변화시키고 있다.'

변화란 결코 나쁘지 않다. 나는 오히려 이 변화를 긍정적으로 바라보고 있었다. 그러나 이 변화는 갑작스럽게 이루어지는 경우가 많았다.

치천사 카마엘을 잡고 마왕의 확고한 자리를 잡겠다는 인식은 변함이 없지만, 과연 그 정도로 빠르게 강해질 수 있느냐가 관건이었다. 적어도 지금의 나로서는 치천사를 이길 수 없었다.

'지저 세계를 다녀오고 나는 강해졌다. 누구보다 더. 여기서 멈출 생각도 없고 계속해서 강해질 건 확실하나······ 그것만으로는 부족하다.'

카마엘, 달을 삼킨 태양은 아주 큰 변수다.

그리고 나는 이 변수가 내 손 안에서 움직이길 바란다.

지금은 확실하게 손 바깥에 있었다.

'강해진다는 건 나 혼자만의 의미가 아니다. 세력을 넓히는 것 또한 강해지는 방법 중 하나이지. 던전을 통합하고 강력한 마수를 늘린다면 그 또한 가능하겠으나.'

눈살을 찌푸렸다.

자드키엘.

치천사 중 하나인 놈을 나는 전생에서 본 적이 있다.

얼마나 강력했는지도. 마족들에게 엄청난 공포를 가져다준 적을 어찌 기억하지 못하겠는가.

수십, 수백만의 마수가 놈 하나에 의해 산화했다. 제아무리 대공이라 할지라도 일대일은 무리였다. 반쯤 연합하여 막대한 희생을 필두로 놈을 없앤 것에 지나지 않았다.

'이기고 싶다.'

……나는 이기고 싶었다.

홀로 상대하여 카마엘을 쓰러뜨리고 싶었다.

내 휘하 마수들과 함께 카마엘을 없애도 내 업적으로 기억되긴 하겠지만 나 홀로 쓰러뜨린 것과는 아예 이야기가 다르다. 그리고 그러기 위해선 지금보다 더욱 빠르게 강해져야만 했다.

'순수 능력치의 극을 봐야 한다.'

내 잠재력은 555다. 하나 나는 아직 그 전부를 채우지 못했다. 기껏해야 440이 채 되질 않았다. 아직도 100 이상의 능력치를 더 올릴 여지가 있었다.

그것을 전부 채우면…… 가능하다. 가능할 거라고 본다. 보정 능력치를 합치면 650에 가까운 능력치 총합. 가히 '신'이라 불러도 이상하지 않을 능력치이니 천하의 치천사인들 상대하지 못할까!

'순수 능력치의 격상.'

내 예상이지만, 적어도 500 정도까진 무난하게 상승할 것이다. 아니라면 잠재력 한계치가 상승할 리 없으므로.

하지만 무난하기만 해서는 내 욕심을 채울 수가 없었다.

'기상천외라 하지. 짐작도 할 수 없는 기발하고 엉뚱한 발상…….'

평범한 방법으로는 어림도 없다. 누구도 생각하지 못한, 그러나 매우 효율적인 그런 방법이 필요했다.

하지만 누구도 떠올리지 못하는 발상이라는 건 나에게도 적용되었다. 하늘에 뜬구름을 잡는 것처럼 잡히는 게 없었다.

한참을 고민하다가 뒤를 돌아보았다.

끝없이 가지를 뻗친 거대한 나무가 눈에 들어왔다.

근원이란 순수함과도 비슷하다. 아무 색에도 물들지 않은 본색이야말로 근원이라 할 만하다.

나는 천천히 오른손을 들어 근원의 나무에 가져다 대었다.

"너는 간혹 답을 알려준다고 들었다. 천계에선 중대한 사안이 있으면 천왕이 직접 근원의 나무와 소통했다고 하지. 그렇다면…… 내 고민의 답을 말해보라."

전해져 내려오는 이야기와 같다. 신빙성은 없고 누구도 확인하지 못한. 그러나 나의 눈빛은 진지하기 그지없었다.

내 감각은 분명히 '근원의 나무에 여러 답 중 한 가지가 있다'라고 말하고 있었다. 아니, 정확히 말하자면 마르틴을 죽이고 그의 눈을 수집한 뒤로부터 아주 조금이지만 예지와 비슷한 능력이 생겨났다.

그래 봐야 몇 초 뒤의 당연한 결과를 예상하거나 하는, 예지라 하기도 민망한 수준이었지만 지금은 그 느낌이 매우 강했다.

여태껏 근원의 나무와는 굳이 소통을 안 했지만 이번에는 다르다. 마력을 개방하며 던전의 주인 된 자로서 말을 걸었으니 근원의 나무도 아무런 반응을 하지 않을 수는 없을 것이다.

쉬익!

이윽고 가지들이 움직이기 시작했다.

쿠웅!

땅이 들썩이며 뿌리가 튀어나왔고 천천히 나를 집어삼켰다.

찰나와 같은 시간.

다시 돌아온 후 눈을 뜨자 나는 여전히 근원의 나무 앞에 있었다. 하나, 나를 감쌌던 가지나 뿌리가 거짓말처럼 사라져 있었다.

'꿈이라도 꾼 기분이군.'

이맛살을 구겼다. 안에서 무슨 일이 있었던 건지 거의 기억이 없다.

'분명…… 나 자신과 싸웠다.'

억지로 떠올리자 흐릿하게나마 윤곽이 잡혔다. 그나마 생각나는 것이라면 나 자신과의 싸움을 이어갔다는 것. 하지만 그게 전부였다. 정작 싸움의 내용이라거나 결과는 머릿속에서 지워져 있었다.

'더는 적이 없으니 나 자신과 싸우라는 것이냐?'

근원의 나무를 바라보며 작게 혀를 찼다. 어쨌든 기억이 애매모호하다는 건 결과가 좋지 않다는 방증일 터였다.

"다시 오마."

나는 몸을 돌렸다.

어쨌든 답 비슷한 것을 얻었다. 과연 이 방법이 나를 강하게 해줄지는 모르겠지만 아무것도 안 하는 것보단 나았다.

Dungeon Hunter

세계 각지에 떨어져 있었던 천사들이 움직였다. 그들은 기다란 날개를 펼친 채 모든 적을 무시하며 한곳으로 모여

들었다.

마치 계시라도 받은 양 움직임에 거침이 없었다.

천사들이 모인 곳은 유럽의 우크라이나였다.

바로, 지금은 죽고 사라진 마르틴이 다스리던 곳이었다.

"영원한 영광을 위하여."

그곳에 십수만의 천사가 모였고 좌천사 알렉트릴이 자신의 검을 던전의 최상층에 꽂으며 신성지대의 선포를 알렸다.

후우우웅!

동시에 신성한 빛이 던전에서 빠져나와 하늘 전체를 감쌌다. 던전은 천천히 변형되어 갔으며 마침내 하나의 거대한 요람으로 변했다.

요람은 마력 대신 신성력을 주변에 흩뿌렸다. 존재하던 모든 마수의 피부가 녹아내렸으며 뼛가루마저 남기지 않았다.

오로지 경건한 마음을 지닌 인간들만이 그 장소에 머무를 수 있었다. 악한 자들은 알아서 그 자리를 멀리하게 되었다.

그리고 기도하는 수녀의 형상으로 만들어진 빛의 무리는 전 세계에서 동시다발적으로 목격되었다.

마족들도, 인간들도, 그리고 남은 천사들도 그 빛에 집중하기 시작했다.

Chapter 60

자신과의 싸움

Dungeon Hunter

천사들의 응집, 신성지대의 발현은 마족들의 구도에 약간의 영향을 끼쳤다. 아리엘과 우파는 잠시 전쟁을 멈췄으며, 우파를 방해하던 막시움도 숨을 고르고 재차 정비를 했다.

판데모니엄은……모든 전력을 항시 대비시키며 천사들의 동태를 파악하는 데 힘썼다. 마르틴의 죽음을 그도 알았을 것이니 폭발하기 직전일 것이었다. 터지기 직전의 화약고와 같았다.

"나의 던전 마스터시여, 생명과 죽음의 나무가 정상적으로 성장했습니다."

크리슬리가 오랜만에 던전으로 돌아왔다.

맡은 바 임무를 훌륭히 해결하고 잠시의 보고를 위해 나를 찾아온 것이다.

나는 근원의 나무 근처에 서서 가만히 나무를 바라만 보고 있었다. 내게서 대답이 없자 크리슬리는 아무렇지도 않은 듯이 보고를 이어 나갔다.

"각성자의 출현 빈도가 두 배 넘게 상승했고 그들의 성장세 또한 상당히 빠릅니다. 로이와 로제는 안정적으로 자리를 잡았으며, 성군 후보가 여럿 등장했습니다."

"흠."

분노와 황제의 검을 꺼내 들었다. 이윽고 눈을 감은 채 두 검을 작게 휘둘렀다. 물론 크리슬리의 말을 듣고 있지 않은 것은 아니었다. 다만, 크게 관심이 없었을 뿐이다.

모두 예상하고 있었던 그대로니까.

"성군의 후보로 기린이 일곱 명을 점지했습니다. 그중 두 명의 인간은 에드워드와 유은혜입니다. 가장 큰 달이 뜨는 날 성스러운 결전을 치른다고 하더군요."

"인간들은 그 결전의 결과에 모두 동의하는 건가?"

"예, 아무래도……."

"참관하도록 하지."

구세주로서 등장하거든 내 주관 아래 펼쳐진단 인상을 줄 수가 있다. 로이와 로제에게 더욱 큰 힘을 실어주며 인간들을 움직이는 게 가능해질 것이다. 마지막만큼은 나서줄 필요가 있었다.

결정을 하곤 분노를 휘둘렀다.

휙!

분노가 빠르게 허공을 갈랐지만 나는 고개를 갸웃했다.

'이상하군.'

몇 번이나 근원의 나무에 도달하여 나 자신과의 싸움을 이어 나갔다. 내 분신이 나타나며 내가 사용하는 스킬과 검술을 사용하는데 이상하게도 나는 번번이 지기만 했다.

능력치가 높은 것도 아닐진대…… 그리고 질 때마다 분신과 싸운 기억 대부분을 상실했다. 정확히 말하자면 '인지'하지 못한다고 해야 할까.

그래서 기억이 띄엄띄엄 존재했다. 몇 번이나 도전한 끝에 겨우 놈의 검이 나보다 가벼웠음을 상기시켰을 따름이다.

또한, 그 기억을 상기시킴과 동시에 순수 능력치 하나가 올랐다. 힘이 1 상승한 것이다. 이는 놀라운 결과였다.

'평범한 방법으로 순수 능력치 하나를 올리는 데 못해도 수개월은 필요했다. 고작 10일도 안 되는 사이에 하나가 올랐다면…… 가능성은 충분하다.'

빠르게 강해지는 수로서 적합하다고 판단한 뒤 나는 더욱 분신과의 싸움에 집중했다.

확실한 건 분신은 나와 같은 능력치, 스킬을 보유하고 있다는 것. 하지만 녀석은 내 힘을 나보다 유연하게 사용했다.

토막토막 나는 기억을 토대로 어떻게든 대비책을 마련해 봤지만 '미지'란 건 좀처럼 대비하기가 어려운 것이었다.

"나의 던전 마스터시여, 고민이 있으십니까?"

"너는 너 자신과의 싸움을 해봤나?"

"저 자신과……."

크리슬리가 짐짓 심각한 표정을 지었다.

"가장 최근에…… 수련의 방에서 그 비슷한 싸움을 한 것 같습니다."

"말해보라."

고급 수련의 방.

시간의 흐름이 다른 그곳에서 크리슬리는 수련을 행한 적이 있었다.

"들어간 순간 머릿속에서 한 가지 목소리가 들려왔습니다. '보다 완전해진 자만이 이곳을 나갈 수 있다'라는 말이었습니다. 그리고…… 저는 시간의 흐름이 다르다는 걸 몰랐기에, 하루빨리 나가고자 제 자신이 가진 모든 걸 활용해 수련을 행했지요."

눈빛이 복잡했다. 안에서의 일을 다시는 떠올리기 싫은 듯싶었다. 하지만 나는 아무런 말도 하지 않았고 크리슬리는 계속해서 이어 나갈 수밖에 없었다.

"하루, 이틀…… 100일이 넘었을 때, 저는 어느 정도 제가 가진 것들을 올바르게 활용할 줄 알게 되었습니다. 하지만 완전과는 거리가 멀었는지 문은 열리지 않았고 상심이 들자 과거의 기억이 뛰쳐나오더군요. 마음의 병을 얻고 또 100일이 넘는 시간 동안 정체해 있었습니다."

크리슬리는 좀처럼 흔들리지 않는 다크 엘프다. 그녀가 마음의 병을 얻고 100일 이상 흔들렸다니 좀처럼 상상이 가질 않았다.

"하지만 그 병을 이겨내자 또 다른 길이 열렸습니다. 과거의 약한 저는 볼 수 없었던 길이지요. 이후 빠르게 강해질 수 있었고 수련의 방을 나올 수 있었습니다."

"병은 어떻게 이겨낸 거지?"

"그건……."

크리슬리가 슬쩍 나를 바라보곤 다시 고개를 돌렸다.

"……모르겠습니다. 정확히 정의하여 말하기 힘듭니다."

분노와 황제의 검을 집어넣고 미간을 지그시 눌렀다.

요컨대 자신의 약한 부분이 부각됐고 그것을 해결하며 강해졌다는 이야기다.

턱을 쓸며 고민해 보았다.

'나의 약한 부분?'

마음의 병이란 약한 자들만 얻는 것이다. 고민하고 고심한 적은 있으나 그 때문에 병든 적은 없었다. 그렇다면 마음이 아니라 약점을 파고들어 그것을 보완하는 쪽으로 생각을 달리 했다.

하지만 약점이라 불릴 만한 게 내 자신에게는 크게 없었다. 오만함, 강한 자존감은 도리어 나를 이루는 필수적 요소다. 이러한 자신감을 바탕으로 일을 진행시켰고 여태껏 성공했으니 말이다.

마왕이 되기 위해서라면 필요하지 않은 모든 것을 쳐 낼 생각도 분명히 있었다. 내 발목을 잡는 모든 것을. 아무리 중요한들 내 꿈보다 중요하진 않았다.

"나의 던전 마스터시여, 답이 되었는지요?"

"발상의 전환쯤은 되었다. 고맙군."

적당히 고개를 끄덕이며 재차 생각을 이어 나갔다.

약점, 약점이라.

내게 약한 부분이 있었던가?

순수 능력치가 낮은 게 흠이긴 하지만, 그 자체가 약점은 아니다. 약점이란 내 능력 중 유독 약한 것을 일컫는데 스킬도 모두 고루고루 높은 등급을 갖추고 있었다.

'고민을 해봐야겠어.'

전혀 떠올리지 못한 방향이었다.

그저 검술의 부족함이 있었나, 고민한 게 전부였거늘.

나는 다시 눈을 감고 고민에 빠졌다.

서른 번째 도전이었다.

근원의 나무가 나를 감싸고 곧이어 허상 세계에 이끌려 온 나는 나와 똑같이 생긴 분신을 마주하였다.

"슬슬 질리는군."

내 얼굴이라고는 하지만 서른 번이나 연달아 보니 질리는 감이 없잖아 있었다.

피식 웃으며 분노와 황제의 검을 꺼냈다.

그러자 분신도 똑같이 분노와 황제의 검을 꺼냈다.

"난 질리지 않아."

이어 분신이 입을 열었다.

"말도 할 줄 알았나?"

기억에는 없었다. 서른 번이나 접촉했음에도 실제로 기억나는 건 얼마 되지 않았으니, 어쩌면 말을 했을 수도 있겠다.

하나 들려온 대답은 의외의 것이었다.

"처음 한다. 말을 하니 조금은 안 답답하군."

"처음으로 한다?"

"궁금한 모양이군. 하지만 내가 답한들 너는 잊을 것이다. 어차피 질 것이기에!"

화아악!

분신이 든 검이 검게 물들었다. 다크 소드가 발현된 것이다. 이어 오만의 불꽃을 피워 올리며 내게 돌진했다.

'예상대로다.'

그러나 벌써 몇 번이나 반복된 패턴이었다. 듬성듬성 나 있는 기억을 조합하며 나는 분신의 움직임을 대강 파악한 뒤였다.

캉!

나도 똑같이 되돌려 주었다.

어차피 놈과 나의 능력은 같았고 같은 힘으로 부딪히면 밀릴 일도 없었다.

서로가 검을 맞댄 채 잠시간 힘 싸움을 행했다.

"너는 나와 똑같이 생겼고 같은 능력을 가졌으나 분명히 다르다. 가짜이지. 미세하게 살펴보면 분명 나와 달라."

"내가 더 잘생겨서 그런가?"

분신이 조소를 흘렸다. 하나 나는 반응하지 않으며 묵묵히 말을 이어 나갔다.

"버릇과 성격 등…… 외적인 것을 제외한 모두가 다르다. 너는 정말 내 분신인가?"

말은 안 했지만 움직임을 보면 대략적인 버릇과 성격도 유추할 수 있다. 그 결과 나는 놈이 나와는 다른 녀석이라고 결론을 내렸다.

나는 냉소적이기는 하나, 비관적이지는 않다. 남을 비꼬아도 항시 비웃지는 않는다.

그러나 분신을 자처하는 녀석의 눈빛엔 언제나 비웃음이 가득 담겨 있었다.

"나는 나다. 어느 누구도 아니지."

후아아아앙!

온통 검기만 한 공간에 균열이 생겼다.

놈이 마력을 분노에 집중시켜 터뜨렸기 때문이다.

콰아아아아아아앙!

"오늘은 너의 '어린 시절 기억' 중 하나를 받아가마. 흔히 말하는 '악몽'……. 흐흐, 너 자신은 인지하지 못하고 있으나 반드시 존재하는 트라우마! 완전해진다는 건 완전하지 않은 부분을 버린다는 것과 같은 이치이지."

Dungeon Hunter

머리를 두어 차례 두드렸다.

강한 통증. 기억을 되새겨 봤지만 여전히 분신과의 싸움은 애매모호했다.

'놈이 말을 했다는 정도만 기억이 나는군.'

대략적인 대화만 떠올랐다. 하지만 이전에도 놈이 말을 했었는지에 대해선 물음표만 그려졌다.

'또 하나. 그런 식으로 마력을 터뜨릴 수도 있었나.'

어떻게든 되새기며 싸움의 장면 중 하나를 가져왔다.

마지막 장면에서 놈은 마력을 터뜨렸다. 분노를 매개로 삼아서 다크 소드에 응집시킨 결과 그것이 가능했던 모양인데 새롭기 그지없었다.

[민첩이 1 상승했습니다.]

고개를 주억였다. 단순히 기억해 내는 것만으로도 이처럼 능력치가 오른다. 매번은 아니고 간혹 일어나는 일이지만 어쨌거나 장족의 발전이었다.

30번을 넘나들며 내가 올린 순수 능력치는 무려 3이나 되었다. 이런 식이라면 늦어도 몇 년 안에 나머지 잠재력을 모두 채울 수 있을 것이었다.

하루에 두 번 이상이 가능하다면 더 빠르겠지만, 불가능한 것인지 근원의 나무는 움직이지 않았다. 하여 하루에 한 번씩 분신과 싸우는 게 전부였다.

어쨌거나.

"내일 다시 도전해야겠군."

진다는 경험이 썩 유쾌하지는 않다. 아무리 상대가 나라고 해도 마찬가지다.

다음에는 반드시 이기겠단 생각으로 자리를 떠났다.

Dungeon Hunter

50번째.

들어온 즉시 나는 놈의 웃는 얼굴과 마주했다.

"전쟁터에서의 기억이 떠오르지 않나? 아니면 전생에서의 기억은? 져도, 또 져도 꿈틀대며 일어나는 모습이 꼭 바퀴벌레 같았지."

"곧 너의 모습이 되기도 하겠지."

"흐흐! 웃기는군. 그 말은 이기고 나서 하도록."

60번째.

"귀족! 마족 중 강력한 소수에게만 주어지는 절대자의 칭호였다. 하지만 너는, 나는 그런 칭호가 없어도 강했지."

"하고 싶은 말이 뭐지?"

"별 의미 없는 것에 목매고 있는 모습이 퍽 웃겨서 말이다."

"쓸데없는 소리를 하는군."

70번째…….

"왜 돌아왔나? 결과를 바꾸고 싶어서?"

"당연한 걸 묻는군. 마왕이 되기 위해서다."

"그래서 신과 계약하고 모든 걸 뒤로했는가? 자신을 죽이고 오로지 강함 하나만을 추구하며? 우습군, 우스워……."

보는 횟수가 늘어갈 때마다 놈은 조금씩 다채로워져 갔다.

조금씩 '나'라는 존재를 이해한다는 듯 행동하는 가하면 우습게 보며 비웃는 일도 반복했다.

'싸움을 반복할수록 놈은 나와 닮아간다. 반대로 나는…….'

처음에는 달랐다. 그런데 횟수가 반복될수록 점점 나와 같아지고 있었다.

반대로 나는 나와 점점 멀어지고 있었다. 조금씩 변형하며 녀석의 처음 모습을 좇고 있는 나를 발견했다.

'나는 놈을 닮아가고 있다.'

혀를 찼다.

그제야 약간의 깨달음이 찾아왔다.

하나 깨닫는다고 바로 적용시킬 수는 없었다.

그리하여 마침내 100번째.

나는 다시 처음으로 돌아갔다.

누가 누구의 분신인가.

이제는 분간할 수 없을 정도로 서로 섞이고 뒤엉켰다.

나는 점점 완성되어 갔으며 놈은 반대로 불완전해져 갔다.

그리고…… 나는 점점 무감정해지고 있었다.

메마른다고 해야 할까?

대신 냉철한 눈이 생겼다. 군더더기 없는 깔끔한 움직임을 선보였다.

기계처럼.

그럴수록 놈과의 대결은 막상막하로 치달았다.

놈은 점점 약해지고 있었고 반대로 나는 강해지는 중이었다.

하나, 공허하다.

이대로 가다가는 피마저 차게 식어버리리란 확신이 들 무렵, 문득 '이런 식의 완성은 내가 바라는 완성이 아니다'란 생각이 머리끝을 스쳤다.

강해지고는 했으나 내가 나 자신이 아닌 채로 완성되고자 하는 것은 아니었다.

'마왕의 좌에 올라 한바탕 크게 웃는 것.'

그게 내 바람이다. 꿈이다. 그저 앉기만 하는 게 아니라, 그곳에 앉아 크게 웃음을 터뜨리는 것이 나의 소망이었다.

그 웃음은 단순한 조소의 차원에서 벗어나 나의 모든 게 담길 예정이었다. 한데…… 무감정해진 나는, 아무것도 느낄 수 없는 나는 마왕의 자리에서 크게 웃을 수 있을 것인가.

'못하겠지.'

완전해지기 위해선 불완전한 부분을 버려야 한다고?

그렇다면 나는 완성되지 않겠다. 불완전했기에 나는 회귀했으며 이후 여러 시행착오를 거쳐 여기까지 왔다. 한데, 갑자기 변한다면 지금까지의 노력을 비웃는 것과 같다.

내 꿈 자체를 부정하는 것과 같다.

나는 나 자신이 오만함을 알며 높은 자존감을 갖추고 있다는 것에 매우 만족해하고 있다. 한데, 놈은 그것마저 나의 약점으로 치부했다.

받아들이라니.

웃기지도 않다.

'마음에 안 드는군.'

작은 변화.

나는 태엽을 거꾸로 돌렸다.

말 그대로 자신과의 싸움이었다.

놈이 가져간 부분을 알아차리고 억지로 채워 넣는 작업은 엄청난 심력을 소비했다.

[민첩이 1 하락했습니다.]

버리고 얻은 능력치다. 버린 부분을 다시 채우자 능력치도 원래의 상태로 돌아갔다. 하지만 개의치 않았다. 이런 식의 완성은 내가 바라는 방향이 아니었기에.

작업은 느렸지만 나는 처음으로 돌아가는 데 성공했고…….

그러자 항상 나를 낮추보던 놈의 눈이 달라졌다.

"멍청한 놈, 버리지 않고는 얻을 수 없다. 기껏 완성의 길에 올랐거늘 그것을 스스로 걷어찬단 말이냐?"

말은 거칠지만 눈은 달랐다.

놀라움. 놈은 분명히 내게 놀라고 있었다.

어떻게 그럴 수 있었느냐고 그 눈이 말하고 있었다.

나는 이미 상당 부분 놈과 동화되었기에 알 수 있었다.

"버리고 있지 않나?"

비웃음을 흘렸다. 완성되어 가며 얻은 것들. 나는 그것들을 지금 버리고 있었다.

그러자 놈이 이를 갈았다.

"스스로 불완전해지기를 자처하다니! 미련하고 어리석다!"

"웃기는군. 이 미련함과 어리석음을 가지고 싶던 것은 네 놈이 아니었나?"

웃음기를 지우며 나는 놈을 노려봤다.

싸울 때마다 놈은 달라졌고 조금씩 변화해 갔다. 그리고 그 변화는 항상 눈에 익었다. 바로 내게서, 내가 눈치채지 못하도록 나를 이루는 요소 하나하나를 가져간 탓이다.

처음에는 별게 없었으나 수십 가지를 가져가자 완전히 달라졌다. 다채로운 표정들만 봐도 알 수가 있다.

"너는 완성되기를 바라지 않나? 완전함이란 불완전한 것을 버리는 일에서부터 시작한다! 강해지고 싶지 않느냐?"

조금은 다급해진 얼굴로 놈이 말했다.

"강해지고 싶다. 그러나 나는 내 자신이 불완전하다고 생각하지 않는다."

놈이 내게서 갈취한 것. 내 스스로가 약점이라 생각하지 않는 게 대부분이었다. 놈이 나의 분신이라면 하지 않을 판단이건만…… 이러니 놈과 내가 다르다고 할 수밖에.

그러자 놈은 마구 날뛰기 시작했다.

"불완전하다! 날 이기지도 못하는 놈이!"

"물론 완전하다고 생각하지도 않아."

이제야 조금은 여유가 생겼다. 놈이 흥분하는 모습을 보니 내가 제대로 가고 있는 게 맞는 모양이었다.

"완전하지도, 불완전하지도 않다면 뭐냐? 그런 어중간함으로 마왕이 되겠다는 건가!"

"꽉 막힌 놈이로군. 너와 나의 기준은 다르다."

분노와 황제의 검을 겨눴다.

놈이 이를 악 물며 말했다.

"절대로! 완전해지지 않는다면 절대로 나를 이길 수 없다!"

"네놈이 내 약점이었군."

분신 같지도 않은 분신으로 말미암아 확신이 생겼다.

나는 천천히 숨을 크게 들이마셨다. 그리고 분노와 황제의 검을 내려놓았다.

"뭘 하는 거냐?"

"나 스스로 강해질지언정 그 때문에 혼을 팔진 않겠다. 그리고……."

이후 입가에 미소를 폈다.

"내 어딘가에 존재하는 편협함이여, 돌아오라."

놈과 나는 다르다. 결코 같지 않다. 그러나 비슷했다. 나는 그 이유를 찾았고 마침내 깨달았다. 놈은 내게서 떨어져 나간 부분에 지나지 않다고.

마음속 깊숙이, 내가 '약하다'고 생각한 부분이 홀로 독립해 버린 것이다. 나 스스로도 알지 못하던, 편협하다고밖에 설명할 길이 없는 마음이 말이다.

나와 똑같은 얼굴을 지닌 녀석의 눈이 격하게 흔들렸다.

"버려라. 그것이 완전해지는 가장 빠른 지름길이다. 너 스스로도 알고 있지 않았느냐? 신들을 마주하고 회귀하며 가장 크게 깨달은 진리가 아니던가? 너는 분명히 알고 있었다. 그들이 들려준 진리 속에 분명히 그런 내용이 있었으니까. 그런데 왜……."

"왜 그러지 않았느냐는 말이로군."

"그래, 왜! 이제야 마음을 정리한 듯 보여 너의 이면인 내가 직접 가져가주었거늘. 아직도 망설이고 있는 건가?"

나의 이면. 놈은 스스로를 그렇게 불렀다. 이실직고를 한 셈이다.

나는 고개를 저었다.

"신들이 완전했다면 내게 부탁하지도 않았겠지. 결국 그들은 스스로를 불완전하다고 인정한 꼴이다. 물론 이런 복잡한 내용이 없어도 누군가가 정해준 길만 따라갈 생각은 터럭만큼도 없다."

나의 길은 내가 개척한다.

전생의 기억은 토대가 되어주었을 뿐이지 내가 걸어온 길은 대부분이 새로웠다. 항상 맞지는 않았지만 어떻게든 이어지며 끝을 향해 달려 나가고 있었다.

어쩌면, 내 길이 틀렸다면 지금도 망설일 수도 있겠다.

그러나 이제는 아니었다.

"반드시 후회할 거다. 겨우 분리되어 완전해질 수 있었는데…… 나를 인정하는 순간 더는 돌이킬 수 없게 된다."

"네가 그간 신경 쓰지 못한 내 일부분이라면 너를 인정함으로써 나는 더욱 완전해지겠지."

"궤변! 궤변이다."

"누가 그러더군. 나는 너무 어리고 내 오만함이 내 목을 조일 것이라고. 그러나 그 말을 한 놈은 내 손에 죽었다."

금기에 손 댄 오쿨루스의 최후는 내가 가져다주었다.

승리한 자가 정의다. 오쿨루스는 패배했다. 고로 놈의 말은 개소리에 지나지 않았다는 뜻이다.

"……좋다. 두고 보마. 어디 마음껏 좌절해 보라."

분신은 반쯤 포기한 듯 터덜터덜 걸어왔다.

나는 여유롭게 웃으며 양팔을 벌렸다. 그리고 머지않아 놈이 내게로 들어왔다.

눈을 뜨자 가장 먼저 보인 건 작은 요정이었다.

"이, 일어나셨어요, 마스터?"

"이히로군."

미간을 짚고 자리에서 일어났다. 작은 목조 건물 안이었는데, 아무래도 다크 엘프의 마을인 듯싶었다.

"삼 일 만에 깨어나셨어요. 이히는 정말, 정말 걱정했답니다."

이히가 손가락으로 눈물을 콕 찍었다.

"3일…… 그간 아무런 일도 없었나?"

"크리슬리가 다녀갔어요. 생명과 죽음의 나무가 무사히 자랐고 성군 후보가 일곱 명 뽑혔대요. 이히가 물어보니까 그 중 두 명은 마스터도 알고 있는 인간인가 봐요."

"그건 수십 일도 전에 크리슬리가 내게 전한 이야기다."

이히가 큰 눈을 깜빡였다.

"네? 이상하다. 이히한테는 며칠 전에 정해진 일이랬는데……."

서로 대화가 맞지를 않았다. 이에 의아함을 느끼고 물었다.

"이히, 오늘 날짜가 어찌 되지?"

"9월 12일이여요. 이제 조금씩 추워질 시기예요. 이히는 추운 게 싫어서 겨울이 안 왔으면 좋겠어요."

"9월 12일?"

"왜 그러세요, 마스터?"

"아니다."

눈살을 살짝 찌푸렸다.

내가 처음으로 근원의 나무에 도달하고 분신과 싸운 게 9월 9일이었다. 그로부터 3일밖에 지나지 않은 것이다.

하물며 크리슬리와의 대화 내용도…….

'예지인가?'

마르틴의 눈을 회수하긴 했으나 직접 이식한 기억은 없다. 그런데 놈의 능력을 조금이나마 내가 얻은 것 같았다.

무슨 현상인지 확신이 서지 않았다.

'아니면 이것도 지배의 권능의 영향인가.'

어쩌면 마르틴이 빈사 상태가 되었을 때 지배의 권능이 발동되었을 수도 있었다. 수많은 마수를 학살하다 보니 메시지가 워낙 많이 떠올랐고 때문에 거기에 신경을 쓰지 못했으니.

'……시간이 흐르지 않았다면 능력치도 변함은 없겠군.'

분신과 싸우며 올랐던 능력치. 억지로 깎아내긴 했지만 그래도 상당한 수치가 올랐었다. 그것이 모두 무효가 되었다니 시원섭섭했다.

'상태창.'

그래도 확인 삼아 창 하나를 띄웠다.

이름 : 랜달프 브뤼시엘

직업 : 마계 대공(던전 마스터)

칭호 :

　　*던전사냥꾼(던전점령, 마족사냥 시 잔여 능력치+1)

　　*불굴의 전사(Ex U, 모든 능력치+2)

　　*최초로 요정의 축복은 받은 자(U, 마력+6)

　　*근원의 주인(Epic, 모든 능력치+3)

　　*언데드(Ex U, 지능체력+5)

　　*지저 세계의 지배자(Legend, 모든 능력치+5, 에픽 미만 스킬의 등급+0.5)

능력치 :

　힘 89(+20)

　지능 96(+15)

　민첩 85(+20)

　체력 90(+22)

　마력 100(+16)

　잠재력 (456+93/570)

잔여 능력치 : 14

전력량 : 21GW

특이사항 : 지저 세계의 주인. 나락군주의 심장이 완전히 각성했
　　　　습니다.

스킬 : 만물조합(Ex U), 심안(Epic), 다크 소드(Epic), 신검합일(Epic,
　　　Passive), 전격의 정령(Epic), 오만(Epic), 타락(Ex Epic), 지배의
　　　권능(Ex Epic, Passive), 정령과의 교감(Epic, Passive)

적용 중인 스킬&아이템 효과 : 분노(힘+7), 나태(민첩+7), 오만(체력
+7), 신검합일(힘민첩+3)

[전후 비교]

힘 105 지 107 민 100 체 107 마 113 잠재력 (434+93/555)

힘 109 지 111 민 105 체 112 마 116 잠재력 (456+93/570)

상태창을 확인하곤 잠시 굳었다.

'순수 능력치가…….'

가파르게 상승한 것이다. 능력치 총합으로만 따져도 20 이상이 올랐다.

헛웃음이 나왔다.

'기대도 안 했건만.'

그나마 현상 유지만 되어도 솔직히 다행이라고 생각했다. 그간 싸운 모든 게 꿈이었으니 초기화되는 게 당연하다고 여겼다.

한데 막상 뚜껑을 뒤집자 전혀 다른 결과가 나왔다.

'잠재력 한계치마저 오르다니.'

내가 한 것이라곤 별게 없었다. 그저 내가 신경 쓰지 못한 '나'를 인정한 것에 지나지 않았다.

깨달음이라면 깨달음일 테지만 원래 있는 것을 부각시킨 것이 전부이거늘. 시스템 메시지로도 확인이 안 된 것을 보면 지금의 능력치가 본래 내 능력치일 수도 있겠다는 생각이 들었다.

'좌절은커녕 희망만 가득하지 않은가.'

한쪽 입꼬리를 말아 올렸다. 분신은 좌절하는 걸 바라보겠다고 말했지만 정작 확인하니 좌절은 없었다.

"마스터?"

이히가 고개를 갸웃하자 나는 말했다.

"정령들을 풀어라. 슬슬 인간들과 계약시킬 때가 되었다."

"네, 마스터. 그런데요…… 마스터."

"왜 그러지?"

"얼굴이 엄청 보기 좋아졌어요, 마스터. 이히히."

"시답잖은 소리는 되었다."

"힝, 진짠데."

이히가 볼을 빵빵하게 부풀리며 내가 내린 임무를 해결하고자 움직이기 시작했다.

Chapter 61

정령의 계약

Dungeon Hunter

정령의 성장은 순조로웠다.

레이와 세라뿐이었던 중급의 위계도 벌써 열이 넘는 정령
이 달성했고 자아를 갖추지 못한 정령은 더 이상 없었다.

상급은 왜 없느냐고 물을 수도 있겠지만 최하급, 하급, 중
급과 상급은 확연한 차이가 있었다. 영원히 상급의 위계에
오르지 못하는 정령이 수두룩할 지경이다.

경험도 경험이지만, 그 경험 중에서도 특별한 경우를 겪어
야만 진화의 길에 들어설 수 있었다. 그만큼 되기 어렵고 달
성하기 힘든 게 상급의 위계였다.

단순히 '정령과의 교감' 스킬로 인해 내가 얻는 보상만 보
더라도 하급 500pt, 중급 5,000pt, 상급이 500,000pt였다. 중
급부터 100배가 뛰어버리는 것이다.

일전 이히의 빈자리를 채우며 정령들은 스스로 교감하는 법을 배웠다. 본래는 더 뒤에 진행할 예정이었지만 그를 보건대 인간과 계약을 시켜도 무리는 없을 듯싶었다.

마침 죽음과 생명의 나무가 성장하고 각성자가 늘어나는 시기이니 정령들의 계약은 이때 적절한 조치가 될 것이었다.

'이중 계약으로 인해 더욱 인간들을 움직이기 편해지겠지.'

대략 십만에 달하는 정령. 그 모두가 나와 이미 계약이 되어 있었다. 불가능한 일이지만 내가 품은 지고한 불 때문이라 추정하고 있었다.

덕분에 설령 인간과 이중 계약을 하더라도 원할 때 그 계약을 내 쪽에서 강제로 파기시키는 것도 가능했다.

정령들에게 의사를 전하고 은근히 인간들을 움직이는 것도 충분히 떠올릴 법한 일이었다.

"아버지, 저와 세라가 계약할 계약자를 찾아주세요."

"그래 주세요."

어른의 몸통만 해진 레이와 세라가 나를 찾아왔다.

둘은 실체를 얻은 뒤 불로도, 인간과 유사한 형체로도 변할 수 있었다. 이름처럼 여자아이와 다를 바가 없었지만 머리카락은 불로 이루어져 있어서 확연히 차이가 났다.

근원의 나무 근처, 나는 돌로 만든 의자에 앉아 아무것도 하지 않고 있었다.

아무런 생각도, 고민도 없이 그저 앉아만 있었는데, 이 정도의 여유를 보이는 건 전생을 통틀어서도 거의 처음이 아닐까 싶었다.

평소라면 이런 시간을 쪼개어 수련이라도 할 테지만…… 그럴 의욕이 전혀 나지 않았다. 이 또한 분신을 집어삼키며 생겨난 영향이리라.

썩 나쁜 기분은 아니었다.

하나 그 처음 맛보는 휴식을 레이와 세라가 방해했으니 말이 좋게 나갈 리는 없었다.

"알아서 찾으라고 지시했을 텐데?"

"그, 그게요……. 아직 아이들이 한 명도 계약을 하지 못하고 있어요. 저희가 먼저 시범을 보여야 할 것 같아서……."

"죄송해요……."

레이와 세라도 화들짝 놀라선 몸을 잔뜩 위축시켰다.

나는 미간을 주무르며 누워 있던 몸을 펴고 자리에서 일어났다.

"계약을 못 하고 있다고?"

"예, 그래도 맏언니인 저희들이 시범을 보이면 아이들도 충분히 가능할 거예요. 저희들은 알게 모르게 이어져 있으니까요."

"맞아요."

레이가 최대한 성심성의껏 답했다.

'그런 걸림돌이 있었군.'

하기야 교감하는 법을 안다고 하더라도 던전을 나가는 것부터가 처음인 정령들이다. 계약자를 찾고 계약을 하는 건 언감생심 꿈도 못 꾸고 있을 것이었다.

그나마 레이와 세라는 그것을 느끼곤 내게 조언을 구하러 왔다. 가만히 있었다간 한참이나 일을 지연시킬 뻔했다.

'레이와 세라의 계약자라······.'

둘은 특별하다. 가장 먼저 중급 정령으로 진화했고, 뿐만 아니라 나를 가장 잘 따르기도 하였다. 중급 정령들 중에서도 제일가는 성장세를 보이고 있었다. 머지않아 상급 정령이 나타난다면 둘 중에 하나일 터였다.

첫 계약자는 매우 중요하니 특별한 이 둘만큼은 내가 직접 점지해 줘도 나쁠 건 없었다. 더불어서 모범을 보인다는 이유도 있지 않은가.

하나 마땅한 이가 떠오르지 않았다.

유은혜와 에드워드?

둘에겐 중급의 정령이 크게 도움이 되지 않을 것이었다.

기본석으로 정령을 성장시키려면 계약자와 호환하며 지주 함께 싸워야 하는데, 이미 기본기가 닦인 둘이 계약을 해봤자 정령을 부리지 않을 가능성이 높았다.

정령의 소환은 은근히 마력을 많이 잡아먹는 탓이다.

'김유라와 김민지가 있었지.'

고개를 주억였다.

엄밀히 말하면 이제 내 휘하와 다를 바 없으나 어쨌든 던전 바깥에서 온 인간이었다.

'김민지의 문제도 잘 하면 해결할 수 있을 것이고.'

이히의 혼이 타격을 입었을 때에도 정령은 크게 도움이 되었다. 김민지가 마음을 잃은 것 역시 조금은 기대해 봐도 될 듯싶었다.

둘은 매우 강한 성녀로서 각성했다. 동시에 행동하면 시너지가 크게 증폭된다. 이걸 알면서도 쓰지 않을 이유가 없다.

그리고 그러기 위해선 어느 정도 자아를 회복시킬 필요가 있었다.

'지금 둘은 던전 바깥에 있으니 그럭저럭 모양새도 나오겠지.'

김유라는 동생의 회복을 위해 내게 던전 바깥으로 나가도 되냐는 건의를 해왔다. 익숙한 것을 보게 하며 조금이라도 회복시키겠단 의도였다. 나는 흔쾌히 허락했고 지금쯤이면 인간들의 틈바구니 속에서 돌아다니고 있을 것이었다.

모든 조건에 부합한다.

"나를 따라와라. 너희의 계약자를 소개해 주마."

"예, 아버지."

"기대돼요!"

피식 웃고는 움직이기 시작했다.

레이와 세라가 그 뒤에서 조잘대며 나를 따랐다.

김유라는 동생과 함께 한국의 이곳저곳을 떠돌아다니고 있었다. 조금이라도 동생과 걸어온 길을 더듬으며 만에 하나의 희망을 건 것이다.

다행히 각성하며 모든 상처가 치유되고 체력이 크게 늘어서 몇 시간을 걸어도 지치질 않았다. 동생 김민지를 휠체어에 태운 채 한참을 이동한들 무리가 없었다.

"참 좋은 곳이지?"

있는 것이라곤 반파된 건물과 무성한 잡초뿐이었지만 김유라는 즐거웠다. 비록 동생이 정상적인 상태는 아니었지만 어쨌든 살아 있었다.

문제가 있는 건 어디까지나 '마음'뿐이었으므로.

인공 하체도 겉으로 보면 평범한 사람의 그것과 다를 게 없었다.

'모두 구세주님 덕분이야.'

던전의 주인이라는 점은 아직도 믿기지가 않지만, 그는 자신의 커다란 은인이었다. 자신의 생명과 맞바꿔도 아깝지 않을 동생을 살려주었다.

무엇보다 그는 구세주였다.

김유라는 필시 그에게 던전의 주인일 수밖에 없는 어떠한 연유가 있을 것이라고 생각했다. 진짜 모습은 구세주일 것이라며 은연중 기대를 하는 중이었다.

아니라면, 진정으로 인류의 적이라면 김유라도 어찌 행동해야 할지 갈피를 못 잡고 있었다.

그래도 당장은 동생이 먼저였다.

해서, 노력이 하늘에 닿으면 동생도 원래대로 돌아올 것이라고 믿어 의심치 않았다. 그런 면에서 그녀는 충분히 성녀라고 할 만했다.

"슬슬 떠나야겠구나. 이곳도 너무 오래 있었어."

김유라가 주변을 둘러보았다.

사람들이 활기차게 주변을 돌아다니는 중이었다.

게다가 그들은 김유라를 발견한 즉시 고개를 숙였다.

"아, 성녀님. 산책하세요?"

"성녀님! 다친 어깨가 멀쩡해요. 고마워요."

김유라는 얕은 미소로 회답해 주었다.

성녀. 실제로 그녀는 '성직자'라 불리는 직업보다도 훨씬 강력한 회복을 걸 수 있었다. 심지어는 불치병마저 지연시키거나 치료할 정도이니 가히 기적이라 봐도 옳았다.

처음에는 다친 사람을 위해 사용했지만 어느덧 소문이 퍼져서 하루가 멀다 하고 그녀를 찾는 사람이 많아졌다. 그러는 사이 은연중 성녀라고 불리기 시작한 것이다.

실제로도 성녀였고.

'여기서 지체할 시간이 많지는 않은데……'

김유라의 눈가에 살짝 그늘이 졌다.

다시 살아난 그 순간부터 그녀의 집은 던전이 되었다. 던전을 떠나자 왜인지 가슴 한편이 답답해지기도 했었다. 왜인지 이유는 모르지만 구세주님과 관련이 있을 것이라고 짐작만 할 뿐이다.

동생을 위해 억지로 부탁했으니 최대한 빨리 해결하고 돌아가는 게 그나마 김유라가 할 수 있는 최소한의 대답일 것이다.

더 시선을 끌고 시간을 지체하면 그것이야말로 배은망덕이었다. 아직 제대로 고맙다는 말도 하지 못한 상태였다.

'저녁에 조용히 떠나야겠어.'

김유라가 마음을 굳혔다.

이번 마을에선 제법 오랫동안 체류했다.

사람들의 심성이 워낙 고와서 저도 모르게 가만히 있었다.

하지만 더 있다간 영영 떠나지 못할지도 모른다.

"민지야, 하늘이 참 맑지? 벌레 우는 소리도 조금씩 들리는 것 같아."

마음속 깊이 결심한 김유라가 표정을 바꾸며 동생인 김민지에게 말을 걸었다. 대답은 없었지만 아무렇지도 않다는 듯 계속해서 말을 이어 나갔다.

태양이 가라앉고 달이 떴다.

완연한 저녁. 사람들이 모두 잠자리에 들었을 시간.

김유라는 조용히 마을을 빠져나갔다.

'조금 섭섭하네.'

이번 마을사람들은 유독 착했다. 성녀라는 소문을 이미 접하고 있어서이기도 했겠지만 바로 머물 집을 주고 먹을 걸 챙겨줬다. 그녀는 간혹 오는 환자만 치료하면 되었다. 치료하는 것 자체에 인색한 편도 아니었기에 동생과 여유롭게 보낼 수 있었다.

"민지야, 산을 넘어야 해. 조금 불편해도 참아."

마을을 나가는 길은 산을 통하는 길밖에 없었다. 휠체어로 오르기엔 힘든 장소지만 각성한 뒤로 놀라보게 강해진 김유라다.

억지로라도 끌고 갈 힘은 있었다.

툭! 투툭!

돌멩이 부딪히는 소리가 요란히 주변을 맴돌았다.

그렇게 한참을 오르던 중, 어디선가 나는 피 냄새에 김유라는 인상을 찌푸렸다.

'분명…… 사람 피 냄새야.'

맡기 싫어도 맡아지는데 어쩔 도리가 없었다.

다친 자가 있다면 치료가 필요할 것이라고 판단해 김유라가 방향을 틀었다.

다시 5분여를 걷자 피 냄새의 근원지에 도착했다.

동시에 김유라는 할 말을 잃었다.

"이거 완전 거지새끼들 아냐? 뒤져도 뭐 하나 나오는 게 없냐."

"에이, 허탕이다. 허탕이야. 각성자도 아닌 놈이 칼은 제법 잘 휘두르네. 괜히 다리만 다쳤잖아."

"다친 놈은 내일 아침에 성녀님한테 보이러 가라고. 우리 성녀님께서 말끔하게 치료해 주실 거니깐."

열에 가까운 시체가 바닥에 널브러져 있었고 그 위에 눈에 익은 사람들이 걸터앉아 있었다.

바로 마을사람들이었다. 착한 줄로만 알았던 그들이 인간사냥을 하고 있었던 것이다.

투욱!

휠체어가 나뭇가지를 밟으며 소리를 내었다.

동시에 마을사람 모두가 김유라가 있는 방향으로 시선을 옮겼다.

"응? 성녀님?"

"이 한밤중에 어디 가십니까?"

반쯤 풀린 눈동자.

약에라도 취한 모습이다.

김유라가 눈살을 잔뜩 찌푸리며 말했다.

"대체…… 이게 무슨 일이죠? 왜 사람들을 습격한 거죠?"

걸렸음에도 그들은 아무렇지도 않은 태도로 일관했다.

어깨를 으쓱하곤 김유라를 비웃듯이 말했다.

"그거야, 먹고살려고요. 우리도 어쩔 수가 없다니깐?"

"그나저나 성녀님한테 걸렸으니 이걸 어쩐담. 성녀님은 꼭 필요한데. 성녀님이 오시고 사망률이 크게 줄었거든."

"낄낄! 성녀님, 제 여기가 많이 부었는데 치료해 주시죠?"

음담패설도 거리낌 없이 내뱉었다.

'미쳤어.'

확실하다. 모두 약에 취한 상태다.

동시에 위험했다.

이성이 풀린 그들이 무슨 짓을 해올지 몰랐다.

8명. 모두 상대할 수 있을까?

'해야지.'

차라리 죽었으면 죽었지 동생을 두고 도망갈 수는 없었다.

'이래서…… 사람 겉만 보곤 믿어선 안 된다고 하는 건가 봐.'

착한 줄로만 알았던 사람들이 이런 악독한 자들이었다니.

김유라가 휠체어를 조심히 나무에 묶곤 입술을 꽉 깨물었다.

그러거나 말거나 그들은 자기들만의 이야기를 계속했다.

"어린년한테 굽실거리기도 귀찮았는데 잘됐어. 다리 좀 잘려도 치유 능력은 그대로겠지?"

"잘라도 붙이지 않을까?"

"멍청아, 당연히 지져야지. 세포가 다 죽었을 텐데 무슨 수로 붙여?"

"어린 게 묘한 색기가 있어가지구…… 흐흐흐. 그동안 참기 힘들어 죽는 줄 알았네. 저 정도 얼굴이면 어지간한 연예인보다 낫지 않냐?"

"처음은 나다. 연장자 우대는 해줘야지."

진저리가 쳐지는 대화였다. 그들은 마치 산책이라도 나온 듯 유유자적 다가오고 있었다.

김유라는 품에서 작은 비도를 꺼냈다. 별다른 능력도 없고 호신용으로 챙겨온 것이었지만 아예 없는 것보단 나을 터였다.

각성하며 전신이 강화되었다. 제아무리 저들이 각성자라 할지라도 쉽게 당하진 않는다. 문제라면 실전 경험이 없다는 점인데……. 홀로 죽을지언정 동생을 휘말리게 할 순 없었다.

"다가오면 찌르겠어요."

"다가오면 찌른다는데?"

"아이고~ 무서워라!"

저들의 시선에서 김유라는 현재 장난감 이상이 아니었다.

'당하고만 있으면 안 돼.'

그래도 김유라는 최대한 자신을 차분하게 타일렀다. 살아오며 험한 꼴을 많이 봐온 탓에 패닉에 빠지지는 않았다. 그리고 이런 상황에서 당하기를 기다리는 것보단 먼저 선수를 치는 게 유리하는 것도 알았다.

훅!

살짝 몸을 낮추고 가장 선두에 오던 남자의 면상을 긁었다. 치명상을 입히진 못했지만 비도가 뺨을 긁어 피가 터졌다.

"씨발! 이년이 미쳤나!"

얼굴을 긁힌 남자가 와락 인상을 구겼다. 기습으로 들어오리라곤 상상도 못한 모습.

김유라로선 안타까운 일이었다. 상처를 냈으나 활동을 하는 데 지장이 없다. 결국 여덟 명을 그대로 상대해야 하는 상황인 건 같았다.

'신성 갑옷.'

신성력을 몸에 두르는 게 전부인 스킬.

사실 성녀로서 각성하긴 했지만 김유라는 공격 스킬을 가지지 못했다. 치료나 방어가 주였다.

신성 갑옷은 벽을 두르고 피해를 최소화시켜 준다. 유니크 등급의 스킬. 어지간한 각성자는 흠집도 못 낸다.

김유라는 신성 갑옷을 두른 채로 몸을 날렸다.

"어어? 뭐야, 이건?"

"칼이 안 들어가잖아!"

칼이 피부를 스치지 못하고 막히자 남자들도 당황했다. 그 사이 김유라가 비도를 날려 앞선 남자의 허벅지를 찔렀다.

"끄악!"

허벅지를 찔린 남자가 자리에 주저앉았다.

목숨을 빼앗는 일도 가능한 상황이었지만 김유라는 전투

불능만 되면 충분하다고 판단하며 한 발자국 물러났다.

'통한다.'

꿀꺽!

크게 침을 삼켰다. 사람을 해하는 건 처음이지만 감수해야 했다. 자신의 목숨만이 아니라 동생도 함께 있었다. 도망가긴 힘들고 최대한 빠르게 처리하는 게 동생을 위한 일이었다.

"저, 개 같은 년이⋯⋯."

이쯤 되자 남자들도 쉽사리 달려들진 못했다. 순한 사슴인 줄 알았으나 궁지에 몰린 생쥐쯤은 된 탓이다.

"여자 하나에 뭐 하는 거야! 뭉쳐서 쳐, 병신들아!"

허벅지를 찔린 남자가 크게 외쳤다. 그래도 아주 오합지졸은 아니었는지 즉각 태세를 바꿨다. 어리바리했다면 마수가 판을 치는 세상에서 여태껏 살아남았을 리가 없었다.

김유라는 본능적으로 위험을 감지했다. 저들이 주변을 감싸는 순간 자신에게 승기는 없으리란 걸 깨닫곤 저들보다 한 발 먼저 움직였다.

"하아, 하아⋯⋯!"

김유라가 거친 숨을 토해냈다.

그나마 다행이라면 남자 각성자들의 수준이 평균에 못 미친다는 것이다. 그러니 민간인이나 사냥하고 있는 거겠지만, 성녀로 각성한 김유라는 저들과 격이 달랐다.

실전 경험이 조금만 더 있었더라도 이처럼 몰리진 않았을 것이었다.

남자들의 표정도 시간이 지날수록 변했다.

한 명, 두 명. 마침내 세 명이 쓰러지자 더는 무시할 수 없었다.

김유라는 입술을 훑으며 자세를 잡았다.

"다가오면 다가오는 놈부터 죽일 거야."

아무리 험한 꼴을 많이 봐왔대도 직접 손에 피를 묻힌 건 처음이었다. 떨리지 않을 리가 없지만 억제로 손에 힘을 줘서 떨리지 않는 척을 했다.

최대한 독을 품고 남자들을 노려보았다.

강자만이 살아남는 세계다. 약자는 죽거나 도태된다.

그리고 약하더라도 강자를 알아보는 자만이 지금까지 살아남을 수 있었다.

"성녀님, 거기까지 하지."

그때였다. 다섯 명의 남자와 대치하고 있던 그때 바로 뒤에서 목소리가 들렸다. 고개를 돌리자 처음 허벅지를 찔러서 쓰러뜨렸던 남자가 민지의 목에 칼을 들이밀고 있었다.

일반인이라면 허벅지를 깊게 찔린 상황에서 쉽사리 움직일 수 없겠지만 김유라는 그가 각성자라는 걸 간과했다. 각성자를 일반인과 그만 동일선상에 올려놓고 만 것이다.

"그 칼 내려놔. 응? 안 그러면 동생 목에 예쁜 자국이 생길 거야."

"아……."

마을에서 김유라가 동생을 어떻게 돌보는지 그들은 너무나도 잘 알고 있었다. 당황했던 남자들의 얼굴에도 여유가 생겨났다.

김유라의 얼굴이 창백해졌다. 여기서 칼을 놓는 순간 끝장이다. 자신도, 동생도 함께. 하지만 이대로 있다간 동생에게 해가 생길 판이었다.

"어어? 안 내려놔? 성녀님은 피가 보여야 정신을 차리는 타입인가?"

"그만! 내려놓을게요. 내려놓을 테니깐……."

남자의 협박에 김유라는 눈을 꾹 감았다. 그리고 천천히 비도를 바닥에 내려놨다.

그 순간 주변의 남자들이 달려들어 김유라의 양손을 잡고 바닥에 꿇렸다.

김유라는 자신의 미래를 직감했다. 육체를 불살라 몇몇을 데려갈 수는 있겠지만 그 뒤 동생의 거처가 문제였다.

"동생만이라도……. 동생에겐 손대지 마세요."

"그건 성녀님이 얼마나 얌전히 우리를 따르는가에 달렸지. 안 그런가, 친구들?"

"그럼그럼."

"딱 죽지 않을 정도로만 죽여 주지."

동생을 인질로 잡은 남자가 어깨를 으쓱하자 다른 이들이 동의했다. 하나 그들의 눈은 여전히 정상이 아니었다.

'아아, 신이시어.'

피 냄새를 맡았을 때 몸을 피하는 게 좋았을까? 아니면 다친 사람들을 치료한 게 죄였을까…….

착한 사람은 모두 죽었다. 이 세상에 남아 있는 이는 모두 죄를 지은 사람뿐이었다. 알고 있으면서도 믿었던 게 잘못이라면 잘못이었다.

아무런 대가도 바라지 않았건만, 왜 자신과 동생에게만 이런 일이 생기는지 알 길이 없었다.

―나랑 계약할래요?

그때 머리를 관통하는 작은 목소리가 있었다.

'환청?'

―나는 레이. 아버지가 지어주신 자랑스러운 이름이에요. 저와 계약하면 저 인간들을 모두 물리쳐 줄게요.

환청이라 여겼던 목소리가 점점 뚜렷해졌다.

소녀의 목소리. 하나 주변에 소녀는 없었다.

―빨리요. 한다고 하면 끝이에요. 어려울 거 없어요.

자신의 간절함이 만들어낸 환청일 가능성도 충분히 있었다. 그러나 어차피 낭떠러지였다.

"계약…… 할게."

화르르륵!

말을 끝낸 순간, 허공에서 작은 불길이 일었다.

"불?"

"으아악!"

불길은 점차 커지더니 주변의 남자들을 집어삼키기 시작했다. 어찌나 강력한지 순식간에 피부를 녹여 버렸다.

"뭐, 뭐야? 씨발! 뭐냐고!"

차례차례 불길에 의해 죽어 나가자 김민지의 목에 칼을 들이밀던 남자도 당황했다. 이어 급히 도망치려 했지만 허벅지의 상처 탓에 빠르게 달릴 수가 없었다.

"아아아악!"

불꽃은 마지막 한 남자마저 불태워 버렸다.

이윽고 다시 김유라가 있는 곳으로 당도한 불꽃이 조금씩 변하며 한 소녀의 형상을 만들어냈다.

"반가워요. 급한 상황이라 먼저 손을 썼어요. 내 이름은 말했다시피 레이예요. 계약자의 이름을 알려줄래요?"

부지불식간에 일어난 일.

김유라도 정신이 없었다. 엉겁결에 답했다.

"유…… 라. 김유라."

"김유라! 앞으로 잘 해봐요."

머릿결이 불꽃으로 이루어진 아름다운 소녀가 미소 지었다.

나는 멀리서 그 광경을 지켜보고 있었다.

중급 이하의 정령은 계약을 해야 계약자 앞에 모습을 드러낼 수 있다. 하지만 이미 나와 계약이 되어 있기에 마음 내킬 때, 굳이 계약자 앞이 아니더라도 실체화시킬 수가 있었다.

'김유라로 말미암아 정령과의 계약이 두드러지겠지.'

김유라는 성녀다. 어디를 가든 사람들의 이목을 모으게 되어 있었다. 거기서 레이가 등장하면 정령과의 계약이 인간들 사이에 퍼져 나갈 것이었다.

내가 개입하면 부자연스러워지니 레이에게 전권을 맡겼다.

불의 정령들이 인간들 속에 개입하면 할수록 나의 힘은 강해진다.

'다른 속성의 정령들도 구할 길이 있으면 좋겠군.'

그러기 위해선 불의 정령들을 제대로 키워서 실적을 쌓아야 했다. 정령계로 들어가는 일 자체는 어렵지 않으니 다른 정령왕들이 혹할 정도로 이점이 있음을 어필하는 것이다.

겸사겸사 불의 정령왕에게 성장한 정령들을 돌려주고 추가 보상도 받을 터.

단시간에는 안 돼도 멀리 내다보면 득이 될 것이 많았다.

'이제 막시움을 보러 가야겠군. 우파와 아리엘의 전쟁이 잠깐 휴전을 맺었으니, 도와주려면 지금밖에 없지.'

우파와 아리엘.

전력 자체는 우파가 유리했고 균형을 맞추고자 나는 막시움을 투입했다. 그리고 막시움은 우파를 방해하며 전력을 많이 잃었다.

잠시 휴전하고 있을 이때 병력을 충원하지 않으면 더 이상 기회는 없다.

'500만 포인트 정도면 충분하겠지.'

막시움의 추가 병력을 구매하는 데 들어갈 포인트를 계산하며 나는 다시 던전으로 발길을 옮겼다.

업적 상점에서도 병졸들을 구매할 수 있었다.

나락군주의 보물 창고에 있었던 것들도 추가되어 상당히 많은 종류가 존재했는데 그중에는 아직 열리지 않은 요소도 있었다.

'창고도 세부적으로는 나뉘어 있고, 창고 안의 창고를 열려면 업적 점수나 다량의 포인트가 필요하다.'

가볍게 턱을 쓸었다.

나락군주의 창고. 그 안에는 또 다른 여러 개의 창고가 위치하고 있었다. 당장 개봉된 게 전부가 아니라는 말이다. 하지만 창고를 열려거든 들어가는 비용이 상당해서 그간 보류하고 있었다.

'당분간은 포인트를 쓸 기회가 없었으니 한번 열어보는 것도 나쁘진 않을 테지.'

눈길을 옮기자 기다란 목록이 떠올랐다.

[봉인된 창고 목록]

[봉인된 창고를 포함하여 그 안에 있는 것들은 포인트로 대체하여 구매할 수 있습니다.]

신기한 무기 창고 - 1,500 or 2,500,000pt

알 수 없는 비밀 창고 - 2,000 or 3,200,000pt

스크롤 창고 - 1,000 or 2,000,000pt

해골 병사의 창고 - 2,500 or 4,000,000pt

…….

내가 가진 업적 점수는 1만 점가량. 포인트는 1,500만 정도가 있었다. 마구 열 수는 없지만 그렇게 부담되지도 않을 수준이었다.

'막시움에게 필요한 건 병사다. 해골류면 더할 나위 없지.'

공개되어 있는 해골 병사는 종류가 적었다. 대부분의 마법사가 자신만의 제조법 공개를 꺼려한 탓이다.

하지만 저 창고 안에는 일반적이지 않은 해골 병사류의 마수가 있을 가능성이 높았다.

'해골 병사의 창고를 열어야겠군.'

[4,000,000pt를 이용해 '해골 병사의 창고'의 봉인을 풀었습니다.]
[앞으로 업적 상점에 해골 병사의 창고에 존재하는 병사들의 종류가 나열됩니다.]

고개를 주억였다. 업적 점수는 어지간하면 모을 셈이었고 포인트를 사용해 봉인을 푼 것이다.

머지않아 또 다른 목록이 눈앞에 나열되었다.

[해골 병사의 창고]
스켈레톤 워록 - 100 or 100,000pt
스켈레톤 가디언 - 300 or 400,000pt
카오스 솔져 - 1,000 or 1,300,000pt
본 드래곤(2) - 3,000 or 4,000,000pt

to be continued

KILL THE DRAGON

킬 더 드래곤

백수귀족 현대 판타지 장편 소설

인간 VS 드래곤

지구를 침략한 드래곤!
3년에 걸친 싸움은 인간의 승리로 돌아갔지만
15년 후,
드래곤의 재침공이 시작되었다!

드래곤을 죽일 수 있는 건 오직 사이커뿐!

인류의 존망을 건 최후의 전쟁.
그 서막이 오른다!

우지호 장편소설

빅 라이프

돈도 없고 인기도 없는 무명작가 하재건,
필사적으로 글을 써도
절망뿐인 인생에 빛은 보이지 않는데…….

어느 날,
그가 베푼 작은 선의가
누구도 믿지 못할 기적이 되어 찾아왔다!

'글을 쓰겠다고 처음 결심했던 때를
잊지 말게.'

무명작가의 인생 대반전!
지금 시작됩니다.

온후 현대 판타지 장편 소설

던전사냥꾼

Dungeon Hunter

나는 실패했고, 다시 도전한다.
더 이상 실패란 없다!

마왕이 되고자 했으나 실패한 랜달프
생의 마지막 순간
과거로 돌아오다!

다시 한 번 주어진 기회
이제 다시는 잃지 않겠다!

지구에 나타난 72개의 던전과 그곳의 주인들.
그리고 각성자들.
나는 그들 모두를 잡아먹는 사냥꾼이다.